Dans ces bras-là

DU MÊME AUTEUR

aux éditions P.O.L

INDEX, roman, 1991

ROMANCE, roman, 1992

LES TRAVAUX D'HERCULE, roman, 1994

PHILIPPE, 1995

L'AVENIR, roman, 1998

QUELQUES-UNS, 1999

Camille Laurens

Dans ces bras-là

Roman

P.O.L
33, rue Saint-André-des-Arts, Paris 6e

ISBN : 2-86744-776-3

J'ai les mains agréables.

Vous savez très bien que vous ne trouverez pas ailleurs qu'avec moi

La force qu'il vous faut et que je suis l'homme.

Paul Claudel

C'était lui. Aux battements de mon cœur je ne pouvais pas me tromper. Je sais que c'est difficile à croire, cette soudaine certitude, mais voilà.

Je me levai, laissant le verre plein sur la table, je payai et je le suivis. Il marchait vite, aussi vite que moi, j'aimais la façon dont il était vêtu, ses hanches étroites, ses belles épaules, je ne voulais pas le perdre. À deux ou trois rues de là, il entra sous un porche, il disparut. Le temps que j'arrive et pousse à mon tour la lourde porte, il avait déjà pénétré dans l'un des appartements, mais lequel ? On n'entendait rien dans la cage d'escalier, l'ascenseur était resté au rez-de-chaussée. Comment savoir ?

Je montai sans faire de bruit, un tapis couvrait les marches. C'était un immeuble bourgeois de trois étages, avec deux portes à chaque palier. La plupart s'ornaient d'une plaque en cuivre, certaines étaient silencieuses, d'autres laissaient passer le bruit d'une voix, la sonnerie d'un téléphone. Craignant d'être surprise immobile sur le paillasson, à regarder, à écouter, je redescendis.

Les boîtes à lettres fournissaient peu d'informations : des noms, parfois même pas. C'était des boîtes anciennes, avec une fente par laquelle on peut glisser la main. Dehors, les plaques brillantes où je voyais le reflet déformé de mon visage donnaient plus de détails, mais sans faciliter vraiment les recherches : tous les occupants exerçaient une profession médicale, un seul était avocat à la Cour.

Comment savoir qui il était, qui était cet homme ? Certes il pouvait être avocat, il en avait bien l'allure, encore que je n'eusse pour ma part rencontré qu'un seul avocat dans ma vie, quelques semaines plus tôt, qui ressemblait à un trafiquant d'armes – disons plutôt qu'il en était l'image idéale, celle que dessineraient spontanément la veuve et l'orphelin.

Mais il pouvait tout aussi bien être médecin. Il y en avait là plusieurs, je les passai en revue. Les noms soudain n'étaient plus arbitraires, prenaient valeur de signe, et je tentais d'y lire un sens comme en un visage inconnu.

Dans cet immeuble IIIe République, par quelque mystérieuse correspondance entre les lieux et les êtres, tous portaient des prénoms d'autrefois, des noms désuets : Raymond Lecointre, Raoul Dulac,

Paulette Mézières, Armand Dhomb – mais non, non, j'avais mal lu : pas A*r*mand, Amand, Amand Dhombre, pédiatre, ancien externe de la faculté de Paris. Amand, oui, je n'invente pas, ça existe, c'est dans les dictionnaires de prénoms, c'est le masculin d'Amandine, du latin *amandus*, « choisi pour l'amour », le plus célèbre des Amand fut un moine qui se consacra à l'évangélisation de la Gaule dans les années 680, ainsi que me l'apprit l'ouvrage de référence consulté le même soir. « Choisi pour l'amour », ça pouvait être lui, ça pouvait parfaitement : il y a de ces coïncidences qui, dans un roman, paraîtraient pénibles mais qui, dans la vie, répondent à une nécessité dont personne ne s'étonne. Amand Dhombre : ce devait être lui, élu pour l'amour et choisi par moi sous le sceau du plus profond secret, Amand Dhombre, une ombre d'amant qu'il me tardait de transformer en proie, en lumière, en soleil.

Je regardai tout de même les autres, par acquit de conscience : restaient Roger Bosc, masseur-kinésithérapeute, rééducation post-traumatique, et, au même dernier étage, Abel Weil, psychanalyste, thérapie conjugale – ils avaient la même spécialité. Je ne m'y attardai pas, car il me sembla que, arrivée sur ses pas dans le hall, s'il était monté jusqu'au troisième j'aurais entendu une clef tourner, une porte s'ouvrir ou se fermer. Je m'en tins donc à mon intuition initiale (1er étage gauche) et notai son numéro de téléphone (ma fille aînée avait, ces derniers temps, un rhume traînant).

C'est à ce moment que le porche s'ouvrit sur une odeur de camphre suivie d'une vieille femme qui me dévisagea avec méfiance – qu'est-ce que je faisais là ? Je baissai les yeux sur mon calepin – la concierge ? – puis la regardai s'éloigner, glisser le long du trottoir avec cette fluidité des gens qui ont toujours mis des patins chez eux, progresser jusqu'au coin de l'avenue – serais-je la même un jour, aussi lente ? – avant de comprendre sans plus de vélocité qu'il n'était peut-être lui aussi qu'un client, un patient, et je fixais mon carnet d'un air stupide – qu'est-ce que je faisais là ?

J'attendais. J'attendais qu'il revienne, qu'il reparaisse ; je n'arrivais pas à partir, j'avais peur que tout s'écroule, que vu de loin ça ne ressemble plus à rien, que ce ne soit rien. Je voulais le revoir, je voulais que ce soit vrai, que l'ombre prenne corps. Et puisqu'il n'y avait dans la rue ni café pour la tromper, ni vitrine pour la réduire, ni abribus pour la justifier, l'attente se statufia sous mon humble espèce au bas de l'immeuble, comme si l'on avait déménagé un instant sur le trottoir l'une des nymphes qui en occupent souvent les cours et pleurent l'eau de leurs fontaines... D'autres que moi auraient agi autrement, inspectant les salles d'attente, interrogeant les secrétaires, prétextant une urgence. J'en étais incapable. Je ne pouvais ni renoncer ni entreprendre, seulement attendre – mais attendre quelqu'un, n'est-ce pas un moyen d'être avec lui ?

Il ne vint pas. J'attendis près d'une heure, bouleversée, transie. Il me manquait. Plusieurs personnes sortirent, ce n'était jamais lui. J'en conclus qu'il n'était pas un client, qu'il travaillait là, que je saurais où le retrouver. Je finis par m'en aller car il n'était pas loin de quatre heures et j'avais rendez-vous avec mon éditeur. Et s'il y a bien quelqu'un qui déteste arriver en retard, essoufflée, le cœur battant et montrant sa folie, c'est moi.

Ce serait un livre sur les hommes, sur l'amour des hommes : objets aimés, sujets aimants, ils formeraient l'objet et le sujet du livre. Les hommes en général, tous – ceux qui sont là sans que jamais l'on sache d'eux autre chose que leur sexe : ce sont des hommes, voilà tout ce qu'on peut en dire –, et les hommes en particulier, quelques-uns. Ce serait un livre sur tous les hommes d'une femme, du premier au dernier – père, grand-père, fils, frère, ami, amant, mari, patron, collègue…, dans l'ordre ou le désordre de leur apparition dans sa vie, dans ce mouvement mystérieux de présence et d'oubli qui les fait changer à ses yeux, s'en aller, revenir, demeurer, devenir. Ainsi la forme du livre serait-elle discontinue, afin de mimer au fil des pages ce jeu de va-et-vient, ces progrès, ces ruptures qui tissent et défont le lien entre elle et eux : les hommes feraient des entrées et des sorties comme au théâtre, certains n'auraient qu'une scène, d'autres plusieurs, ils prendraient plus ou moins d'importance, comme dans la vie, plus ou moins de place, comme dans le souvenir.

Je ne serais pas la femme du livre. Ce serait un roman, ce serait un personnage, qui ne se dessinerait justement qu'à la lumière des hommes rencontrés ; ses contours se préciseraient peu à peu de la même façon que sur une diapositive, dont l'image n'apparaît que levée vers le jour. Les hommes seraient ce jour autour d'elle, ce qui la rend visible, ce qui la crée, peut-être.

Je sais ce que vous allez dire : et les femmes ? Les autres femmes ? La mère, la sœur, l'amie… N'ont-elles pas autant de poids dans une vie, sinon davantage ? Ne comptent-elles pas ?

Elles ne compteraient pas. Pas dans cette histoire. Ou très peu. Je donnerais au personnage ce trait précis de mon caractère (je le tiens de ma mère…) : ne s'être, pendant toutes ces années, intéressée – n'avoir pu s'intéresser – qu'aux hommes.

C'est ainsi. C'est un défaut, si vous voulez. Un défaut d'attention, une carence de l'esprit. Depuis toujours, elle regarde les hommes, rien d'autre. Ni les paysages, ni les animaux, ni les objets. Les enfants, quand elle aime leur père. Les femmes, quand elles parlent des hommes. Toute autre conversation l'ennuie, elle y perd son temps. Elle peut visiter les plus beaux pays du monde, voir les pampas, les déserts, les musées, les églises, tous les voyages lui semblent vains tant que n'apparaît pas, fût-ce en reflet, en mirage, en ombre chinoise, la trace d'un homme bleu, d'un gaucho, d'un

Christ. Sa géographie est humaine, strictement. Elle ne fera jamais un kilomètre pour contempler seule un lever de soleil, une falaise, ou les lignes au loin du Mont-Blanc – elle ne voit pas l'intérêt, elle a l'impression d'être morte. Elle est sortie demi-folle du film de Cukor, *Women*, où il n'y a que des femmes, et parfois l'une d'elles s'écrie en tournant la tête vers la porte : « Tiens, voici John » (ou Mark, ou Philip), mais jamais celui-ci n'entre dans le champ : aucun corps d'homme, pas même une voix – c'est insupportable. Mais elle déteste aussi les films de guerre, les histoires de sous-marins mâles et d'amitié virile où les femmes n'apparaissent qu'en photographie dans un portefeuille et en souvenir ému juste avant la mort. L'intérêt passionné qu'elle porte aux hommes, il faut qu'ils le lui rendent. Elle aime les hommes qui pensent aux femmes. Dès qu'elle arrive quelque part, où qu'elle aille, elle regarde s'il y a des hommes. C'est un réflexe, un automatisme, comme d'autres écoutent la météo : une façon d'anticiper le proche avenir, de savoir quel temps il va faire. L'attrait n'est pas d'abord physique, en tout cas pas nécessairement, même s'il le devient souvent. Elle n'a pas de type particulier, pas de fascination spéciale – blonds, bruns, grands, minces, trapus, fragiles –, elle a des préférences, bien sûr, mais pas de système. Dans un premier temps, l'homme compte moins comme individu caractérisé que comme présence ; c'est une réalité globale dont la vue s'assure aussitôt où le cœur se rassure : il y a des hommes.

Elle ne va pas à leur rencontre, du moins pas comme on pourrait croire. Elle ne fond pas sur eux pour les capter, les saisir, leur parler. Elle les regarde. Elle se remplit de leur image comme un lac du reflet d'un ciel. Elle les maintient d'abord dans cette distance qui permet de les réfléchir. Les hommes restent donc là longtemps, en face d'elle. Elle les regarde, elle les observe, elle les contemple. Elle les voit toujours comme ces voyageurs assis vis-à-vis d'elle dans les trains maintenant rares où cette disposition existe encore : non pas à côté d'elle, dans le même sens, mais en face, de l'autre côté de la tablette où gît le livre qu'elle écrit. Ils se tiennent là. C'est le sexe opposé.

Je serais donc aussi ce personnage, on peut le penser, bien sûr, puisque j'écris, puisque c'est moi qui laisse épars entre nous les feuillets où je parle d'eux. Difficile d'y échapper tout à fait. Mais la question de la vérité ne se posera pas. Il ne s'agira ni de mon père, ni de mon mari, ni de personne; il faudra qu'on le comprenne. Ce sera une sorte de double construction imaginaire, une création réciproque : j'écrirai ce que je vois d'eux et vous lirez ce qu'ils font de moi – quelle femme je deviens en inventant cet inventaire : les hommes de ma vie. Le cliché est à prendre au pied de la lettre : les hommes de ma vie, comme je dirais : les battements de mon cœur.

Oui, voilà le projet dans sa définition la plus juste. Ce serait après un grand bal dont, passant de bras en bras, j'aurais malgré l'ivresse tenu à jour et conservé le carnet, et l'on pourrait y reconnaître, au fil des pages, des danses et des noms, le défilé irrégulier des cavaliers, bien sûr, leur manière propre, leur allure, mais surtout, dessinée par le mouvement même du tourbillon, allant de l'un à l'autre, prise, laissée, reprise, embrassée, le cœur battant, la figure floue et chavirée de la danseuse, en vue cavalière.

Carnet de bal. Ce serait le titre.

*

Dans l'idéal, voilà ce que je voulais dire à mon éditeur. Bien entendu je n'en fis rien : écrire est tout ce que je peux espérer. Il portait une chemise blanche sans cravate, il était bronzé. Il me demanda comment j'allais, j'allais bien, ce que j'avais vu au cinéma ces derniers temps, ce que j'avais lu. Je lui citai quelques titres, l'un d'eux surtout, que j'avais adoré, il me demanda pourquoi, ce qui m'avait plu dans ce film, je lui expliquai que c'était un bon film, excellent même, et comme il me regardait avec une expression d'intérêt profond, j'ajoutai que j'avais beaucoup aimé, vraiment, qu'il devrait aller le voir, que c'était bien. Il me dit qu'il l'avait vu mais qu'il avait préféré le précédent, que là les citations d'Hitchcock étaient un peu lourdes, que le recours systématique à l'ellipse gâchait une partie du plaisir qu'on pouvait prendre au noir et blanc, par ailleurs tellement mis à toutes les sauces ces dix dernières années, et que Kadoshki, sur le même sujet, avait fait infiniment mieux en 1965, non ? Oui, peut-être, je ne l'avais pas vu, je le lui dis en me resservant du thé – la théière était vide, ma tasse aussi, je buvais quand même tout en émiettant le sucre entre le pouce et l'index, il n'avait pas tort, bien sûr, mais tout de même – je gardais la tasse à mes lèvres – tout de même, ça se laissait voir. Il me demanda si j'en voulais un autre, je dis non, que ce n'était pas la peine. Est-ce que j'écrivais, est-ce que j'avais commencé quelque chose, est-ce que je pouvais lui en parler ? Oui, enfin, non, je... Le garçon voulait encaisser, il sortit son porte-monnaie, je sortis le mien, mais non, il n'y avait pas de raison, eh bien merci, alors.

Logiquement, le livre devrait s'ouvrir sur le père. Il y a toujours beaucoup à dire sur l'homme qui vous a conçu, l'histoire commence là. Malgré tout, j'étais assez tentée de faire entrer l'éditeur d'abord, parce que ce n'était pas ma vie que j'écrivais, mais un roman (ma vie, quant à elle, s'écrivait sans moi, je le savais, même si j'étais décidée à lui imprimer un mouvement personnel, à donner la cadence, sinon j'allais mourir immobile). Aussi, à peine de retour chez moi, non sans avoir au préalable pris rendez-vous chez le pédiatre, j'entrepris mon carnet de bal – premiers tours de piste, valse à deux temps.

L'éditeur

Quand il appelle la première fois, c'est dimanche. Il est dix heures à sa montre, midi pour lui. Il vient de lire son roman, elle dort à poings fermés, complètement nue tant la chaleur est grande. Elle entend la troisième ou quatrième sonnerie, elle descend l'escalier à toute allure, décroche.

Il pensait bien qu'elle était une femme, il le dit aussitôt, il en était certain, malgré le prénom.

Il appelle pour dire qu'il aime. Il a ce courage. Est-ce beaucoup plus facile parce qu'il s'agit d'un livre ? Elle ne sait pas, ce n'est pas sûr : il faut trouver les mots, faire cet aveu : l'amour.

Il n'appelle pas pour raison professionnelle, il ne travaille pas : c'est dimanche.

Il appelle par amour, soudain il a envie de le dire : il aime ses mots, sa voix, ce qu'elle a bien voulu lui donner, lui faire entendre, il l'aime.

Elle n'a aucune idée de lui, elle ne peut pas se le représenter. Mais sa voix lui plaît, et puis c'est un homme. L'éditeur est un homme, cela va de soi, le contraire serait inimaginable. À quoi servirait d'écrire, quel sens aurait ce geste si ce n'était pas un homme qui l'acceptait, qui l'en remerciait ?

Il appelle de l'autre côté des mers, il lui propose un jour de rendez-vous, l'été, quand elle voudra, il attendra qu'elle vienne.

Elle reste longtemps nue dans le soleil, à faire des entrechats. C'est si bon d'être aimée.

La scène prend très vite sa dimension fondatrice. Dans l'histoire mythique vers quoi tend la vie dès qu'on la raconte, elle reste connue sous sa date : c'est l'appel du 17 juin.

Le père

Quand il la prend dans ses bras la première fois, le père est déjà père, il sait ce que c'est. Qu'est-ce que c'est ? dit la mère derrière le masque où elle aspire encore un peu d'air. C'est une fille.

Quand il l'appelle la première fois, il a un moment d'hésitation. Il avait prévu Jean, comme son père, et Pierre, comme lui : Jean-Pierre. Il faut débaptiser l'idée morte, nommer le corps.

Il l'appelle Camille. La mère a un léger malaise post-partum, sans gravité. Ce n'est pas grave, dit la sage-femme.

Le père pose Camille dans son berceau. Il marche dans la rue, c'est le 10 novembre. Le voici deux fois père. Père de deux filles.

L'aînée s'appelle Claude.

Un an plus tard, le père appelle. C'est une fille. Il a trois filles.

Il appelle de l'autre côté du rêve, du bord lointain de son désir. Il ne va pas la voir, il sait ce que c'est.

C'est une fille qui respire mal, elle est bleue. Elle meurt le lendemain, le père la voit morte.

On l'appelle Pierrette. De Pierre, le père. C'est la fille du père trois fois père.

Claude et Camille sont chez leurs grands-parents. Le père vient les chercher – Claude ? Camille ? –, elles viennent. Camille agite les mains dans le soleil – papa. C'est si bon d'aimer.

– Avez-vous des enfants ?

– Non, dit le père, j'ai deux filles.

Amand Dhombre était un homme adorable, chaleureux, d'un contact facile, ma fille rit aux éclats lorsqu'il lui proposa de la transformer en hérisson grâce à de minuscules aiguilles stériles – il avait un diplôme d'acupuncteur, bref, un type formidable. Monsieur Dhombre père avait fait la Corée ou le Vietnam et sauvé du napalm sa future lignée, du moins fut-ce ainsi que je me racontai l'histoire d'amour qui remplaçait la mienne inopinément tandis que, tassée dans un coin sur une chaise, je me soumettais au principe de réalité : c'était un Asiatique d'environ 1 m 63 et 45 kg, dont le sourire ne pouvait en aucun cas se substituer au visage ténébreux de l'inconnu aperçu la veille, qu'il allait me falloir oublier, pensais-je, comme tout le reste, comme on oublie qu'on respire ou qu'on a le ciel au-dessus de la tête. Ce fut pourtant en levant machinalement les yeux vers le haut de l'escalier, triste et défaite au sortir de là, que je reconnus, actionnant une clef au troisième étage, le veston de tweed dont je remarquais à présent la coupe impeccable dans l'ouverture de la porte capitonnée où il m'accueillait pour le premier entretien psychothérapique que j'avais bien été forcée de solliciter auprès d'Abel Weil, puisque c'était lui.

C'était un projet fou, peut-être, mais aussi l'occasion de tenter ce pari : séduire un homme non pas, comme d'habitude, en lui cachant tout, en masquant du moins l'essentiel, mais au contraire en lui disant tout, en disant du moins l'essentiel – ce qui, de chacun, doit être su, ce qui suffit pour être aimé ou non. Sans doute aurais-je pu m'arranger, à force d'efforts, pour le rencontrer ailleurs qu'à son cabinet, pour approcher ses relations, ses amis, sa famille, pour entrer dans le cercle mondain qui m'aurait permis, un jour, d'être assise à côté de lui à table et de lui demander quelle était sa profession, et s'il voulait bien m'en parler un peu, c'est si passionnant, la psychanalyse, les méandres de l'âme humaine, ce doit être dur, aussi, est-ce que vous n'avez pas envie d'autre chose, parfois ?

Mais les ruses ne me disaient rien, ni la patience qui les accompagne. Qu'il soit psychanalyste ne m'apparaissait d'ailleurs pas comme une simple opportunité de le voir vite en prenant rendez-vous, mais, au-delà, comme un moyen de savoir enfin ce qu'était l'amour, ce que j'attendais de l'amour des hommes, ce que j'attendais. Ça tombait bien, au fond, cette foudre me transperçant à la terrasse d'un café, c'était un signe du ciel, cette flèche fichée en moi comme un cri à sa seule vue, cette blessure rouvrant les deux bords du silence, ce coup porté au cœur muet, au corps silencieux, par un homme qui pouvait justement tout entendre. Il me sembla que ce serait stupide de faire avec lui comme toujours, et qu'avec lui il fallait faire comme jamais.

Je ne prétends pas qu'il n'y eut de ma part aucune stratégie. Si je commençai, dans la tradition d'une thérapie ordinaire, en lui parlant de mon mari, de mon couple, comme on dit, c'est que j'avais peur d'être découverte et renvoyée, et que plus rien ne soit possible alors. Dans la suite, j'usai aussi des armes habituelles de la jalousie, de la coquetterie, de la séduction. Mais peu, au fond. Bien sûr, je voulais qu'il me trouve belle et je me faisais belle pour aller à nos rendez-vous. Tel n'était pourtant pas mon objectif premier : je voulais avant tout qu'il me connaisse, qu'il sache qui j'étais et, le sachant, qu'il m'aime. Je voulais savoir si l'on pouvait m'aimer autrement que dans le mystère – dans la nudité de ma douleur, dans ma misère. Longtemps, la main creuse attendant l'obole, j'avais mendié l'amour auprès de qui voulait m'entendre. Je venais de trouver à qui parler. C'était lui.

Qu'on me comprenne bien : je ne suis pas tombée amoureuse de mon analyste – une telle banalité ajoutée à tant d'autres m'aurait été intolérable, à cette époque, je ne l'aurais pas supportée. Non, je me suis éprise d'un inconnu qui s'est révélé être, par le plus grand des hasards, psychanalyste : ce n'est pas la même chose, même si j'ai vu dans ce hasard une chance, une promesse d'avenir – ce qu'on appelle un heureux hasard. Ce l'était d'autant plus que je venais d'entamer à la fois mon divorce et mon livre ; je pensais que la parole si longtemps réduite à presque rien allait à point nommé me faciliter l'un et l'autre. Il y avait bien quelque ironie à ce qu'il fût spécialisé dans la thérapie conjugale, puisque j'étais fermement décidée à laisser mon mari à l'écart de l'entreprise – et pour cause –, mais d'un autre côté cela permettrait d'entrer aussitôt dans le vif du sujet, l'amour. Abel Weil était donc l'homme idéal, à tous points de vue idéal. Aussi, lorsque, s'étant assis en face de moi près d'un petit divan de velours gris et ayant croisé élégamment ses longues jambes, il me dit : « Je vous écoute », la certitude éprouvée huit jours plus tôt au café où je l'avais vu revint plus forte que jamais, et ce fut exactement, dans l'acception à la fois triviale et passionnée, pragmatique et possessive de la formule, ce fut exactement comme s'il m'avait dit, avec le même sérieux amoureux et la même verve gouailleuse, tandis que des bribes de la chanson me revenaient en tête, ce fut exactement comme s'il m'avait dit : « Je suis votre homme. »

Dès lors, il n'y eut plus pour moi, pendant des mois, que deux ancrages dans un temps qui dérivait : mon livre et nos rendez-vous, l'écriture dans la solitude de la mémoire et la parole dans le monologue de nos rencontres. Et il n'y eut plus aussi que deux sortes d'hommes : ceux dont je parlais, dont je faisais revivre l'histoire à travers moi, et celui à qui je parlais, dont j'attendais qu'il donne une suite à l'histoire, ou, peut-être, qu'il me fasse revivre. Oui, il n'y eut plus au monde que deux sortes d'hommes : les autres, et lui…

Seule avec lui

Je ne sais pas vraiment comment le dire, je n'avais pas prévu d'en parler si vite, d'être là devant vous, j'ai pris rendez-vous sans réfléchir, en fait je voudrais que personne ne le sache, que mes enfants l'ignorent, que mes parents l'ignorent, d'ailleurs est-ce que ça les regarde – *est-ce que ça vous regarde, regardez-moi, répondez-moi, est-ce que ça vous intéresse, est-ce que je vous intéresse ?* Au début c'était bien, évidemment, au début… Je vais dire des évidences, des choses que vous entendez tous les jours, que vous savez, des banalités à longueur de temps, des récits qui traînent partout dans les livres, les magazines, les chansons, les romans, les journaux, je suis documentaliste, je lis tout, je lis tout le temps, le reste du temps j'écris, alors vous pensez si je sais, si je sais à quel point c'est bête – éternel et bête, à quel point. Le mari, l'amant, l'ex, les ex, le père, le copain, l'ami, je connais toutes les catégories, tout ce qui s'écrit sur le sujet, les différents styles, les types, la typologie : le prudent, le casanier, le distant, le timide, le surbooké, le méfiant, le violent, le tendre, le déprimé, le passionné, l'infidèle, je ne suis pas la première, c'est sûr, je ne suis pas la seule, et c'est déjà insupportable, cette répétition, ce discours, la trivialité démultipliée de ces mots mille fois prononcés, mille fois entendus : je l'aime, je l'ai aimé, je ne l'aime plus, ce mec, ce type, est-ce que je l'aime encore, cet homme, ce mec-là, mon mec, avec lui c'était bien, au début c'était bien, c'était formidable – on dit ça des livres aussi, des gens, des moments, des voyages : un livre formidable, un père formidable, des vacances formidables – ça n'a plus de sens, plus le sens d'autrefois, quand ça désignait ce qui inspire une grande peur, une terreur stupéfaite, un étonnement, un saisissement d'effroi – et pourtant, c'est ça justement, on peut le dire ainsi : j'ai eu un passé formidable. C'est pourquoi je suis là à vous parler – *est-ce que vous m'écoutez, est-ce que vous saisissez ?* – est-ce que ce n'est pas toujours la même chose, toujours affreusement pareil, une angoisse mêlée au temps, un effroi devant la disparition, la démolition, l'effacement, est-ce qu'il y a autre chose, au bout d'un moment, que cette peur qui m'amène : une terrifiante usure, une érosion formidable ? – *est-ce que vous le savez, est-ce que vous pouvez répondre, êtes-vous un spécialiste, quel genre d'homme êtes-vous : un professionnel, un passionné, un dilettante, un Don Juan, un expert, un super-coup, un père modèle, un pantouflard, un carriériste, un affairiste, un pauvre mec, un type bien, un homme formidable ?*

Je ne sais pas, je ne sais plus, je veux bien en parler, oui, essayer les mots dans la bouche et pas sur la

Le mari

Elle le connaît depuis une minute à peine lorsqu'ils s'approchent à se toucher – il a dit « bonjour », peut-être, quelqu'un les a présentés dans cette soirée, un samedi à Paris. Ils restent quelques secondes immobiles et muets, souriant, puis elle jette ses bras vers lui, autour de son cou, elle ferme les yeux ; il la reçoit, le corps est chaud sous ses mains, il est à elle.

Ils ne parlent que plusieurs heures après, dans une chambre de cet appartement où ils ne sont jamais venus ni l'un ni l'autre, ils se disent leur nom.

C'est le nom qu'elle porte, maintenant.

La rencontre telle qu'elle advient constitue pour elle un sommet de perfection. Il n'y a pas de mots, on échappe au bruit des mensonges. L'amour, c'est quand on ne dit rien – qu'est-ce qu'on pourrait dire, qui vaille ?

Lorsqu'il jouit, bien après elle, il pousse un cri de bête fauve (heureusement la soirée bat son plein), il crie comme s'il mourait. Il ne lui a pas demandé si elle prenait la pilule, ni rien : l'instant inclut le passé et l'avenir, c'est un lot indivisible, à prendre ou à laisser.

Huit jours plus tard, les bans sont publiés. Ils se marient en présence de deux témoins, dans une mairie déserte. Les parents ne sont pas avertis.

Un mois après, elle téléphone à son père et, au détour de la conversation, lui apprend qu'elle s'est mariée. « Contre qui ? », dit-il.

Contre lui, justement. Tout contre.

Seule avec lui

Pourquoi c'était bien, au début ? Parce que nous nous sommes passés des mots, parce que nous avons fait l'économie de tout ce qui se dit généralement dans ces cas-là. Toute parole est en trop quand on a du désir, d'ailleurs parler l'annule – il n'y a pas de mots pour dire le désir, pas de mots courants qui ne servent à le trafiquer, à le masquer, à l'apaiser ou à le détruire. Le langage articulé n'est pas une matière propre à épouser le désir – je veux dire : la langue orale, les paroles volantes – le poème au contraire se moule sur le corps, le poème est proche de la voix, de la peau. Mais le reste, vraiment, non : une manipulation honteuse, un vil trucage. Vous n'avez jamais observé avec pitié ce genre de scène, au restaurant : un couple à une table voisine, un couple en train de se former ? « Qu'est-ce que vous prenez ? Cette robe vous va à ravir. Vous avez lu le dernier Modiano ? Sans me vanter, je crois que dans ma partie je suis le meilleur. Vous connaissez les Seychelles ?, c'est paradisiaque. Ce sancerre est bouchonné, j'aimerais voir le patron. »

Il y a une obscénité rare à se montrer en public en amont du désir, à appeler le garçon, à lire le menu, à goûter le vin, à parler de soi, à parler tout court. Se montrer, montrer à l'autre qui l'on est : leurre monstrueux ! Peut-on se montrer sans être nu ? Au XVIIe siècle, on employait une expression particulière pour désigner ce badinage, cette entreprise de séduction par la conversation ; on disait : « faire l'amour » pour « faire la cour ». « Et vous ferez l'amour en présence du père », lit-on chez Racine. Voilà qui en dit long sur la vraie nature de la galanterie, ce fatras de mots censés remplacer le corps ou le faire admettre à la longue, ce tricotage de compliments et de niaiseries, ce tissu de fadaises destinées à *fabriquer* de l'amour, à le faire exister dans la langue conformément à la loi, aux usages, comme si on pouvait le faire autrement qu'en le faisant.

Cette démonstration de pouvoir qu'est la cour dans son vain dévidement – je peux séduire, je peux briller, je peux payer : je peux –, j'ai du mal à la supporter chez les hommes, même si quelquefois, à l'aveu d'impuissance qu'elle révèle, j'ai pu, oui, justement, répondre par de l'amour, il m'est arrivé, oui, d'être émue – non par les paroles mêmes du soupirant mais par la détresse d'une langue gourmée où se réfugiaient la chair timide, les mains hésitantes, la voix sourde du ventre. Et lorsqu'il parvenait à sa fin, c'était toujours en dépit des moyens.

L'amour n'est pas une relation sociale. Ça ne se dit pas, ce sont des choses qui ne se disent pas. L'amour n'est traduit qu'en silence ou en cri, dans la solitude des corps, il n'a jamais jamais connu de loi. Il faut chasser le père de l'amour.

Vous ne dites rien.

Vous pourriez dire : le mariage aussi est social.

C'est vrai, je l'ai épousé. Ai-je voulu racheter aussitôt l'impudeur formidable de la première rencontre, la faute primitive, ramener dans le corps social la sauvagerie du corps à corps inculte, habiller d'un oui repentant la nudité de l'assentiment pur ? Ai-je été rattrapée par ma morale huguenote ? – je suis protestante, mon père est protestant.

C'est possible.

Mais peut-être aussi ai-je pensé qu'il ne fallait pas laisser disparaître sur la mer ce genre d'homme – tout à fait mon genre : celui qui vous prend dans ses bras comme le marin embrasse l'horizon.

Le père

Le père est protestant. C'est une chose qu'elle apprend très tôt, qu'elle sent au fond d'elle, évidente : elle aussi. Elle est comme le père, elle lui ressemble. Il a les yeux noirs, les siens sont bleus, il est brun, elle est blonde, et pourtant, ils se ressemblent : ils sont protestants.

Le père est protestant depuis longtemps, depuis toujours. Son père l'était, son grand-père, ses oncles et tantes – les ancêtres aussi, tous des darbystes, là-bas vers Alès, tous des hommes du Livre. Avant de se marier avec une catholique, il n'a posé qu'une condition : les enfants seront protestants.

Le père est protestant, ça se voit tout de suite. Elle, en tout cas, elle le voit : quelque chose en lui proteste, une violence qu'on lui a faite, et qui crie. Ça ne s'entend pas – ça parle peu, même, c'est muet. Mais ça se voit.

Qu'est-ce qu'on lui a fait? Qu'est-ce qui s'est passé? Où, quand? L'histoire s'en est perdue, seule la trace demeure, cette douleur qui sert de moule au cœur et donne au front sa forme, cette révolte sourde.

Le père est protestant. C'est sa manière d'être au monde. Elle est comme lui, elle voit les choses comme lui. On rit, on joue, on s'amuse (on est gai, parfois, chez les protestants). Mais il n'y a pas de quoi être heureux.

« Je suis protestante », dit-elle autour d'elle à l'école. Qu'on se le mette bien dans la tête : elle est comme son père. Elle a l'air de rentrer dans le rang, comme ça, d'être à sa place, mais non, pas du tout : elle n'accepte pas – elle ne cédera jamais, jamais contre ce monde. Elle est protestante.

Le père ne croit pas en Dieu, ni en son Fils Unique, ni en rien (Il a dû y croire autrefois – le père, le fils… –, mais ça fait longtemps). Il aimerait bien, peut-être, faire plaisir à ses aïeux, à ces vieux de la vieille qui se réunissaient dans les granges, entre hommes, pour tirer de la Bible la grâce de vivre. Mais il ne peut pas, c'est au-dessus de ses forces. Même quand il envoie ses filles au catéchisme, quand il les oblige à y aller, il n'y croit pas.

Elle non plus.

Elle ne croit pas à l'esprit ni au Saint-Esprit, du livre elle ne retient que la lettre : elle proteste, elle est protestante.

Comme lui.

C'est ce qui les lie : ce Dieu qui n'existe pas et cette révolution qu'ils ne feront jamais. C'est là leur lien le plus étroit : cette forme vide, et qui les fonde – ne pas croire à ce qu'on est.

Seule avec lui

Ce que c'est qu'un homme ? Vous voulez que je vous le dise, vous voulez que j'essaie ?

La voix, la taille, la pointure, la barbe, la moustache, la pomme d'Adam, la verge, les testicules, la testostérone, le sperme, la prostate, les poils, la calvitie, le prépuce, le gland, la masse musculaire, l'éjaculation, les poignées d'amour.

La force, le courage, le sens de l'orientation, les réflexes, l'esprit de synthèse, la parole donnée, la galanterie, l'activité, l'énergie, l'autorité.

La violence, l'agressivité, la grossièreté, la lâcheté, la faiblesse.

L'alcool, le tabac, le jeu, le sport, les copains, la chasse, les revues porno, le bricolage, les voitures, les femmes.

Pompier, motard, chirurgien, pilote de chasse, boulanger, garagiste, mécanicien, docker, footballeur, champion cycliste.

Le singe, le primate, l'homme des cavernes, l'homme des bois, l'homo faber, l'homo sapiens.

L'homme de culture, l'homme de goût, l'homme d'honneur, l'homme de génie, l'homme d'esprit, l'homme de lettres, l'homme de confiance. Les hommes de bonne volonté.

L'homme de la rue, l'homme du peuple, l'homme du commun.

L'homme du monde. Un monde d'hommes.

Le fils de l'homme.

L'homme de Dieu, l'homme de paille, l'homme de peu, l'homme de rien – un milieu entre rien et tout.

L'homme à abattre, l'homme à gages, l'homme à bonnes fortunes, l'homme à femmes.

L'homme et la femme.

L'homme né de femme.

Le père

On serait bien en peine de trouver une photographie du père portant dans ses bras un enfant. Ça sent la merde et le vomi, ça bave, ça dort tout le temps. Le père n'aime pas trop les tubes digestifs – disons qu'il a du mal à s'y attacher.

L'amour vient plus tard, quand l'enfant, renonçant à sa nature étymologique, se met à parler. Cela devient intéressant.

Le corps ne suffit donc pas pour être aimé du père – il ne suffit pas d'avoir des bras, des jambes, des yeux, un ventre rond qui réclame des chatouilles et du lait.

Vers trois ans, elle entend le père lui parler, se pencher vers elle en souriant, tiens tiens elle parle, elle répond, elle articule, elle parle très bien, pour son âge.

Il ne faut pas faire l'enfant avec le père.

Le plus curieux, c'est qu'il ne dit pas grand-chose, il est taiseux, dans l'ensemble. Mais elle, elle babille, elle raconte, elle invente le monde. Du moment qu'il l'écoute, qu'importe s'il se tait ?

Elle parle pour lui.

André

Tous les soirs, à huit heures et demie, elle va se coucher. Elle dort dans la même chambre que sa sœur.

Tous les soirs, à huit heures et demie, le père s'en va. Il ouvre la porte d'entrée et il sort. Elle entend démarrer dans la rue la 404 gris métallisé.

Tous les soirs, à neuf heures moins le quart, André vient. Il gare sa Jaguar, sa Porsche, sa Cadillac, et il est là. Il ne sonne pas – les enfants dorment, leur maman de toute façon le guette à la fenêtre, elle actionne l'ouvre-porte, il monte quatre à quatre, il arrive, il est là.

Dans tous les romans qu'elle écrira plus tard, André sera le nom de l'amant. Elle ne pourra pas changer ce nom, en inventer un. L'amant n'est pas une fiction, mais une réalité nommable ; l'amant n'est pas un personnage, mais un homme, un vrai : c'est lui, et pas un autre : André.

André est beau, élégant, parfumé, raffiné. Il porte des costumes croisés, des cravates en soie, des nœuds papillon, des smokings noirs ou crème, des chaussures fabriquées sur mesure, des chemises à son chiffre, des chapeaux. Il fume des Craven A dans des fume-cigarettes en ivoire, il sent Habit Rouge de Guerlain, il a les bras chargés de roses rouges, d'œillets blancs, d'orchidées rares, il apporte du champagne, du foie gras, du caviar, il danse à merveille le tango, la valse, le be-bop, il met sur le pick-up *Petite fleur* de Sidney Bechet, elle entend leurs pas sur le parquet du salon, ils dansent un slow sur *Petite fleur* – pas trop fort, les enfants dorment.

Quelquefois, le téléphone sonne dans le noir. C'est pour André – il est gynécologue, il accouche les femmes jour et nuit, on l'appelle, il y va, il met les enfants au monde, il part précipitamment, il saute dans son automobile, il est déjà loin.

Le père rentre vers minuit, parfois plus tôt, parfois avant le départ d'André. Il s'assied au salon et écoute France-Musique. Peu après, la porte de la chambre s'ouvre, la mère en sort suivie d'André. Le père et André se serrent la main, bonsoir Pierre, bonsoir André, ils échangent quelques paroles, puis André s'en va. La mère passe par la salle de bain avant de se coucher, le père continue d'écouter la radio. Vers deux heures, il mange un morceau dans la cuisine, puis il éteint tout et gagne lui aussi la chambre, sans faire de bruit – les enfants dorment.

Elle voit les bouquets dans les vases, les mégots dans les cendriers, les filtres marqués de rouge. Elle voit les demi-bouteilles vides, les coupes en cristal, les toasts à peine grignotés. Elle voit la bière entamée du père, avant qu'il n'ait son ulcère.

Pour son anniversaire, André lui offre de beaux livres reliés, il lui dit : « Pour toi ma jolie. » Son premier Pléiade, à treize ans – Guillaume Apollinaire –, c'est lui.

Elle le trouve beau. Ou plutôt : sa mère le trouve beau. C'est pareil.

Une fois par semaine, elle a l'autorisation de regarder la télévision jusqu'à dix heures chez sa grand-mère qui habite deux étages plus haut. Elle aime « Au théâtre ce soir », transmis depuis le Théâtre Marigny : on voit des retraités s'installer dans la salle bourdonnante, avant qu'aux trois coups frappés le silence se fasse : à huit heures et demie pile, le rideau s'ouvre. Il s'ouvre, au fil des ans, sur le même salon chic et sobre, révélant les protagonistes impeccablement vêtus – elle en robe d'intérieur chatoyante, lui en costume sombre, les bras chargés de roses rouges.

C'est une histoire d'amour pas simple, mais qui finit bien, en général.

Au retour de chez sa grand-mère, elle dit bonsoir à André, assis comme de passage sur le canapé à côté de la mère un peu souffrante, il faut quelquefois qu'il vérifie sa tension à l'aide des instruments de sa mallette, le stéthoscope pend à son cou puissant, sur sa poitrine large. Elle pense qu'il s'occupe bien d'elle, qu'elle a de la chance, sa maman, d'avoir André.

Elle se couche en y rêvant.

Les décors sont de Roger Hartz, les costumes de Donald Cardwell.

Seule avec lui

Ce que j'aime le plus chez les hommes, physiquement, ce sont les épaules, la ligne qui va du cou à l'articulation des bras, les bras, la poitrine, le dos. Ce qui me plaît dans un homme, c'est la stature, la carrure, la statue. Les jeunes éphèbes, très peu pour moi – ou alors déjà solides, déjà capables de porter le monde dans l'urgence catastrophique et leur cavalière dans le rock acrobatique. Je peux rester des heures devant le torse de Jupiter, le buste d'Apollon, le dos d'Atlas. Mon idéal ressemble aux études de Michel-Ange, aux dessins de Léonard, il a la musculature des titans. Je ne manque aucune retransmission des championnats d'athlétisme, ces ralentis des grands sprinteurs aspirant l'air dans leur poitrine comme des chevaux qui galopent, les départs du cent mètres nage libre… Mon type d'homme, c'est Zeus – j'ai un faible pour les dieux.

Je me souviens de – peu importe son nom –, il était très maigre, presque osseux – « cet avorton », disait mon mari –, mais il avait de belles épaules, à angle droit avec la base du cou, vous voyez, et la taille très mince, et quand il était nu on devinait le squelette sous l'athlète, peut-être, mais que c'était beau ! – on voyait la force et la mort. Il avait une phrase magique pour moi, qui ouvrait le désir comme une porte, il disait : « Viens dans mes bras. »

Et puis mon grand-père, aussi : c'était un célèbre champion de rugby, j'ai un moulage de plâtre à la maison ; il était ailier, à la fois rapide et puissant, quand il court c'est magnifique à voir.

Mon mari est très beau, très athlétique, il fait beaucoup de sport. J'aime les hommes qui luttent avec leur corps contre la dissolution du monde, qui retardent les progrès du néant, j'aime quand les hommes portent l'effort physique à son point de rupture – mais ça tient, ça passe, ils sont en vie : les acteurs, les chanteurs d'opéra, les grands sportifs, dont m'émeuvent les courses folles, les montées en puissance, la douleur, la violence, la maîtrise, le malheur, j'admire ces corps, ces nerfs tendus comme des cordes, les exploits, les records vers quoi ils s'élancent dans la solitude dérisoire de leur rêve sublime : accomplir ce qu'aucun ne fit jamais – ne pas mourir ; tenir à bout de bras le poids du monde. Être des dieux.

La performance physique, pour moi, n'est pas tant, comme on le dit souvent, une métaphore de la puissance sexuelle qu'une représentation du désespoir

Le chanteur

Elle en est follement éprise ; il n'aurait qu'à siffler, elle viendrait, mais ça ne risque pas. Elle ne l'a jamais vu, elle n'a pas de photo de lui dans sa chambre, elle ne sait pas du tout quelle tête il a, quel corps, s'il est beau – elle n'est même pas certaine qu'il soit encore vivant, en l'écoutant elle pense qu'il est mort – le plus souvent c'est le sentiment qu'elle éprouve : il est mort sans rien laisser que sa voix si vivante à évoquer les femmes et la mort. Des heures entières elle l'écoute comme on passe une journée à faire l'amour.

Il est italien. Cette étrangeté est nécessaire. Qu'il soit d'ailleurs ajoute au désir qu'elle a de lui. Il chante Verdi, ce passage de *La Traviata* où Alfred déclare son amour à Violetta. Dans l'enregistrement déjà ancien qu'elle possède, il a toujours l'air d'être loin, à l'arrière-plan d'une scène dont la femme occuperait l'avant pour toujours, indéfiniment ; sa voix vient donc de là-bas, toujours plus lointaine, comme s'il s'éloignait par force de la rue, de la fenêtre, du corps qu'il ne veut pas quitter et qu'il quitte faute de pouvoir jamais le rejoindre. C'est une voix d'homme pleine et belle, qui nous arrive de l'autre côté d'un mur qu'il s'époumone à franchir, à traverser, à abattre – *misterioso, misterioso altero* –, et nous venons à la fenêtre, nous nous penchons en tremblant, nous l'apercevons dans le noir, ombre grise, profond mystère, ténèbre, nous hésitons, nous avons peur, il chante, mais loin, c'est lui, mais loin – quelle est cette voix virile qui vient d'un corps et l'éloigne à la fois, cette voix témoin de la distance, de l'impuissance à être ailleurs que là-bas, séparé. L'homme chante pour dire son absence, sa voix promet ce qu'elle ne peut tenir – le corps. Le souffle et la voix couvrent une distance infinie que rien ne comble, le désir qu'ils insufflent ne sera jamais vraiment réalisé, et ce néant qu'ils nous portent, cet écart dont ils chantent le creusement, là, au milieu du ventre, nous font souffrir la douleur aiguë de l'absence, nous rendent sensible la profondeur de l'abîme et l'étendue de l'échec.

Voix d'homme grave, voix d'homme grosse du mystère qui nous sépare à tout jamais du corps qui en est maître. Voix d'homme où chante le désir, sa gravité.

Le grand-père

Le grand-père n'est pas souvent là. Il travaille dans son usine de métallurgie. Il va au club de rugby dont il est président. Il joue à la belote à la Brasserie des Sports. Il est en voyage. Il est à l'hôpital. Il est mort. Le grand-père est souvent absent.

Le grand-père est toujours là : sur le mur du bureau, dans un cadre doré, il marque pour l'éternité l'essai historique dont parlèrent les journaux cette année-là, il court plus vite que tous les All Blacks réunis, les foules se lèvent pour le suivre, et si l'on approche les yeux de la photographie on distingue, bouche ouverte, Churchill médusé dans la tribune d'honneur du stade où se mouvaient les dieux.

Le grand-père est ce héros. Quoi d'autre ? Elle ne sait pas, mais elle brûle de savoir. Un jour – elle a treize ans et il est mort –, elle rassemble tout ce qu'elle connaît de lui, tout ce qu'elle a vu et tout ce qu'on lui a dit. C'est très peu : matérialisé, ça tiendrait dans une boîte à biscuits.

1) Un jeudi, dans une fête foraine, il offre à des enfants gitans en guenilles des tours de manège.

2) Il lui apprend à lire l'heure et fabrique avec elle une pendule en carton dont les aiguilles sont fixées et actionnées par un bouchon de liège. Le fond est bleu, couleur de temps.

3) Il connaît les coins à chanterelles, les us et coutumes des truites, le nom des arbres.

4) Il dessine comme personne, on peut lui demander de reproduire n'importe quel objet, c'est exactement ça.

5) Il est ingénieur. Son père était instituteur.

6) Pendant la guerre, il a été convoqué trois fois par la Gestapo : des cargaisons entières de métal disparaissaient dans la nature.

7) Il connaît des gens importants, il reçoit à dîner Monsieur Chaban-Delmas, qui est un héros, aussi.

8) Il suscite beaucoup de jalousies, même parmi ses proches, ses frères.

9) Il fume, il fume tout le temps, il a fait quatre infarctus. Il a aussi un ulcère à l'estomac, et il a failli perdre un bras quand sa manche s'est prise dans une machine, à l'usine.

10) Le docteur l'a averti : « Si vous n'arrêtez pas le tabac, le prochain sera le bon. » Mais c'est un homme, il est fort, il n'a pas peur de la mort.

11) Il pose la main sur sa tête (elle l'aime, elle l'aime à un point…) et lui dit solennellement, avec

une pichenette sur le nez : « Toi, tu feras de grandes choses. »

12) Elle fera tout ce qu'il voudra, elle l'aime.

Le grand-oncle

C'est le frère de son grand-père. Elle le voit chaque été dans ce village du Tarn où ils sont nés et où ils partagent la maison familiale – un étage chacun – pendant les vacances.

Chaque été elle arrive en triomphe dans la DS de son grand-père. Elle a quatre ans, cinq ans, six ans, avec lui elle irait au bout du monde. Il l'emmène à la pêche, aux airelles, aux girolles. Chaque fois que du tournant de la route ou du haut du pré on aperçoit le clocher du village, il enlève sa casquette en tweed et dit pompeusement pour la faire rire : « Ici, un grand homme est né. » Elle rit, mais elle le croit : elle croit qu'il n'y a pas d'homme plus fort que son grand-père – pas un au monde.

Un soir, il meurt. Elle a neuf ans, elle lui récite des poèmes qu'elle a appris à l'école, *Demain dès l'aube, à l'heure où blanchit la campagne, Ô buffet du vieux temps, tu sais bien des histoires Et tu voudrais conter tes contes, et tu bruis Quand s'ouvrent lentement tes grandes portes noires*, mais rien n'y fait, il a trop fumé, trop souvent, caché dans les cabinets, alors il meurt.

Le lendemain, toute la famille est là, venue de loin parfois, en émoi. Tout le monde se lamente et pleure, ce sont toujours les meilleurs qui partent, va ! Elle s'efforce de paraître gaie pour consoler sa grand-mère, sa mère, elle est trop jeune, elle ne comprend pas.

Elle va jusqu'au potager en contrebas de la route voir pousser les laitues qu'a plantées son grand-père. Le grand-oncle y est, une bêche à la main. Quand elle s'adosse au muret de pierres, il la rejoint. Elle lui sourit. Il pose la main sur son dos, puis la glisse dans son short, caresse ses fesses, défait le bouton, elle n'a pas encore de poils, tiens, mais ça viendra vite, elle aime ça, hein, toutes les filles aiment ça, et lui aussi il aime ça, elle n'a qu'à voir.

Il recommence après l'enterrement, après le repas. Elle se réfugie chez des fermiers voisins qu'elle connaît depuis toute petite. Ils sont en train de boire le café. Le grand-oncle arrive sur ses pas, se fait offrir la goutte, s'assied sur le banc à côté d'elle et tout en causant, en fumant, lui met la main entre les cuisses, la laisse là. Elle attend qu'ils disent quelque chose, tous, au moins la fermière ou ses belles-filles, qu'ils la sauvent. Mais personne ne dit mot, tous la regardent fixement, elle n'ose plus bouger, elle reste là comme si de rien n'était, petite vicieuse.

Un matin, elle va voir sa grand-mère, elle lui dit. La grand-mère est en train de balayer le balcon, il fait beau, elle a les traits tirés, la pâleur du chagrin. Dès les premiers mots, elle la pousse à l'intérieur, dans la chambre au grand lit jaune. Elle la prend aux épaules, s'accroupit à sa hauteur et lui dit tout près du visage :

« Ce que tu viens de me dire, ne le répète jamais. Tu m'entends : jamais. »

Seule avec lui

Dans l'hiver qui a suivi, j'ai eu un furoncle énorme en haut de la cuisse, je souffrais beaucoup et je me souviens que c'était assez dangereux, il fallait le percer, en extraire le germe. C'est mon père qui l'a fait : moi, cuisses écartées, en petite culotte, et mon père le nez dessus en train de s'escrimer avec une aiguille ou je ne sais quoi, ma mère me tenait la main comme si j'allais accoucher – je dis ça parce que toute cette scène m'est revenue d'un coup quand j'ai été enceinte la première fois, je l'avais enfouie, oubliée, et elle m'est revenue nettement dans la clarté des larmes, dents serrées pour ne pas hurler, cette image : mon père entre mes jambes extrayant un germe maléfique.

La même année – une bien mauvaise année, beaucoup de maladies – j'ai eu un ongle incarné, l'ongle du gros orteil qui poussait sous la peau, là encore il a fallu l'arracher avec une espèce de pince, d'abord le soulever, le décoller de là, puis l'enlever sans que j'aie trop mal, cette fois c'est André qui l'a fait, André, puisqu'il était médecin ; il a été très gentil, à la fin il m'a embrassée – il sentait le vétiver – et il m'a dit : « Et c'est fini, ma jolie, te voilà débarrassée du méchant oncle qui te rentrait dans les chairs.

– Oui.

– Oui, oui, oui. Le corps parle aussi avec des mots, d'ailleurs les mots font partie du corps, ils en partent, ils y reviennent, vous croyez m'apprendre quelque chose ? Le corps est bourré de mots jusqu'à la gueule, oncle furieux, grand ongle, d'accord, mais personne n'entend. Vous-même qui êtes là pour ça, vous n'entendez rien, vous ne comprenez rien, vous faites semblant de rien – ce n'est pourtant pas compliqué, un corps, l'alphabet tient en peu de lettres, il n'y a pas tant de mots, c'est simple, un corps, c'est une langue simple. Tout le monde la parle, d'ailleurs, mais personne ne la comprend. Je suis là à promener ce corps que nul n'entend : ça me tue, vous entendez, ça me tue.

L'homme du fantasme

Elle est amenée devant lui, poussée vers lui. Assis droit, visage immobile, brun, il s'exprime dans une langue étrangère, par ordres brefs et gutturaux. Un secrétaire lui traduit de se dévêtir, elle refuse, l'homme fait un geste de la main, elle crie, on la force.

Elle est nue devant l'homme. Il la fait tourner sur elle-même, rester de dos, se pencher, il palpe les seins, les soupèse, met un doigt dans tous les orifices, mesure le tour de taille, les hanches, écarte les fesses, dénoue les cheveux, les soulève, les tâte, lui ordonne de faire le pont, de se mettre à genoux, sur le dos, à quatre pattes, en position gynécologique, en prière, inspecte la bouche, les dents, les mamelons, la vulve, les ongles.

On lui teint les cheveux en blond clair, on transforme leur aspect lisse en une cascade de boucles auxquelles chaque matin on redonne gonflant et volume.

On lui injecte dans les lèvres un produit à base de collagène, qui les ourle et les épaissit.

On lui met des implants mammaires qui augmentent ses seins de deux tailles, et on pigmente le mamelon d'un tatouage brun.

On lui épile le pubis, les aisselles, les jambes.

On lime, polit et vernit ses ongles.

On lui fait faire des exercices de musculation pour galber les fesses – des centaines, pendant des heures.

On lui apprend à obéir aux ordres proférés en différentes langues, à marcher sur des talons hauts, à sourire, à s'offrir – de dos, de face, au bon plaisir de chacun.

On l'entraîne quotidiennement à la pratique de la fellation, à la sodomie, on renforce la musculature du périnée par des exercices sur des godemichés, on lui fait répéter les positions, comment satisfaire tous les goûts, être prise par plusieurs en même temps sans décevoir personne, répondre à la demande.

Au bout de trois mois, elle est prête. Ongles teints, cheveux ondulés, elle porte un slip moulant fendu d'avant en arrière et un soutien-gorge d'où sortent presque complètement ses seins lourds. L'homme l'essaie, la prête, la fait tester, l'éprouve.

Puis elle est mise en circulation. Elle sert à table et au fumoir, répond à l'appel des sonnettes, des gestes, des mots, fait tout ce que les hommes désirent, garde son slip pour ceux qui préfèrent, l'ôte si on l'exige – certains le coupent avec des ciseaux.

Quand personne ne la réclame, elle reste debout près de la porte, seins comprimés, croupe saillante, lèvres pulpeuses, ou bien, près d'un fauteuil, elle sert de table basse où l'on pose, lourd et froid, en marbre dur, un cendrier.

Le père

Mais où va le père, tous les soirs à huit heures et demie, pendant qu'André vient voir la mère ?

Où va le père ? Ardent mystère, mais délimité, qui sera bientôt éclairci par une conversation avec les enfants d'André, croisés à la piscine : le père, tous les soirs à huit heures et demie, va chez la femme d'André.

Le père est un homme simple. Elle ne sait pas comment tout cela est arrivé, comment ça s'est fait, ce chassé-croisé, et elle n'osera jamais le lui demander. Elle pense simplement que ce n'est pas lui qui a commencé – le père n'a rien d'un aventurier, il n'aime pas l'aventure, les aventures – et que, lorsqu'il a fallu s'adapter, il a choisi cette solution qui n'était pas la plus satisfaisante peut-être, mais la plus simple ; il fallait bien faire quelque chose, et la femme d'André, sous quelque angle qu'on l'envisage – orgueil, vengeance, désespoir ou goût de la symétrie –, c'était le plus simple.

Le père

Le père a des goûts simples. Il écoute de la musique classique, quelques disques sans doute offerts autrefois – il n'en achète pas de nouveaux. À la radio, un morceau peut lui plaire – une chanson de Georges Brassens, une mélodie planante des Pink Floyd –, il ne cherche jamais à se le procurer, à le réentendre. Il prend les choses comme elles viennent, il ne hâte rien, il n'a pas de désir pour elles, simplement du goût. Celles qu'il faudrait conquérir, briguer, vouloir, il s'en passe.

Des femmes, aussi bien.

Le dimanche, il se fait réveiller pour écouter Pierre Dac et Francis Blanche, ou les sketches de Fernand Raynaud. Il rit aux larmes, elle est assise sur ses genoux, elle ne comprend pas tout – *et qu'est-ce que vous entendez par là ? Ah ! par là j'entends pas grand-chose* –, il ne lui explique pas, elle comprendra plus tard. Il a aussi des disques de Jean Rigaud dans l'armoire, interdits aux moins de dix-huit ans, elle les met l'après-midi sur le pick-up, interdit lui aussi – *Ah ! mon vieux complice ! – La peau de mes couilles aussi*, ce sont des enregistrements publics, les gens hurlent de rire.

Sinon, le père lit. La mère achète pour lui des polars à 1 F en vrac, qu'elle ramène ensuite et échange contre d'autres – parfois il les a déjà lus, il s'en rend compte au bout de cinq ou six pages. Sur la couverture, il y a toujours une fille nue ou bottée ou décolletée qui tient un revolver ou pose avec désinvolture dans la ligne de mire. Elle les lit dès qu'elle sait lire – S.A.S., Son Altesse Sérénissime, San Antonio, elle trouve que ça se ressemble, que c'est toujours la même histoire, avec des passages excitants où les filles meurent après avoir été longuement violées et des titres en forme de calembours, qui situent l'action dans des pays barbares où l'on n'ira jamais.

Quelquefois, le père va au cinéma. Il va voir le dernier James Bond, d'ailleurs tout le monde trouve qu'il ressemble à Sean Connery. Ou un film sur Arthur Rubinstein, avec ses filles qui n'apprennent pas la musique parce que ça ferait trop de bruit à la maison.

Le père

Le père n'a qu'un père, pas de mère. Quand ils rendent visite à sa famille, dans le Gard, pas souvent car c'est loin, elle est bien obligée de le constater : du côté de son père, elle n'a pas de grand-mère. Un grand-père, oui, des grands-tantes et leurs maris, des arrière-cousins, oui – mais pas de grand-mère.

Pourtant, le père n'est pas orphelin. Il n'y a pas de tombe, pas de chagrin, pas de deuil. Elle a bien dû exister, il a bien dû la rencontrer, au moins une fois, mais personne n'en parle. Il n'y a pas de photos, pas d'objets-souvenirs, pas de souvenirs. Si elle existe dans la mémoire du père, on n'en sait rien, c'est noir sur noir.

Le père, parfois, a un visage triste ou sévère, mêlé d'un vague ressentiment. Peut-être se demande-t-il si sa mère l'oublie.

Elle pense au père, souvent. Elle se demande comment c'était, l'enfance. Elle ne voit pas bien comment il était, petit, comment c'est possible. Elle le plaint.

Un jour, à table, le père prend la parole : « Jeudi prochain ma mère viendra déjeuner avec nous. » Puis, devant l'air béant de ses deux filles, il précise, agacé : « Votre grand-mère. »

Première nouvelle.

Il a dû faire exprès de l'inviter un jeudi : lui travaille, c'est même le jour où il a le plus de monde, mais elles n'ont pas école. Claude a quatorze ans, elle douze. Elles trouvent que le père exagère, qu'il pourrait fournir quelques explications. Mais non. Le père a une mère, voilà.

Sans commentaires.

La mère du père arrive le jour dit, peu avant midi. Le père lui dit « Bonjour madame ». On passe à table aussitôt, car il a des rendez-vous, il doit être à son cabinet dès quatorze heures. Il n'a pas que ça à faire, le père.

Sa mère, si. Elle voudrait voir son cabinet, justement, voir comment il est installé, sa réussite, elle a une dent qui la fait souffrir, justement, s'il pouvait regarder, s'il pouvait l'examiner, juste un moment. Ses petites-filles lui montreront le chemin, est-ce que vers seize heures..., son train est à dix-neuf heures deux, avant elles iront faire des courses, elle voudrait acheter des cadeaux pour eux, elle n'a pas pu s'en occuper avant, d'ailleurs elle craignait de se tromper, elle ne connaît pas leurs goûts, elle ne sait pas, et puis dans le train ce n'est pas pratique les paquets, elle voudrait aussi qu'on fasse des photos, qu'on aille chez un photographe pour des portraits, elle n'a pas de photos.

Le père n'a pas de photos non plus. Et pas le temps d'en faire. Et pas envie d'examiner sa mère. Mais si vraiment elle a une dent…

La grand-mère leur achète des disques des Bee Gees. Elles aimeraient bien *Que je t'aime*, de Johnny, mais n'osent pas le demander : le père en effet l'a strictement interdit, ce n'est pas une chanson de leur âge.

À quatre heures, elles attendent toutes les trois dans la salle d'attente. La grand-mère les questionne, qu'est-ce qu'elles veulent faire plus tard – elles ne savent pas.

Elles entrent dans le cabinet. Le père prépare différents ustensiles, il s'affaire. Sa mère regarde autour d'elle, l'air contente ; elle le regarde aussi, lui : beau, grand, quarante ans, toutes ses dents – la dernière fois, il n'en avait que huit. Dans son cœur de mère, elle est fière.

Elle est partie pour un autre homme – un autre homme que son mari, que son fils. Son mari lui a bien expliqué : si elle part, elle ne reverra pas le bébé, elle n'aura pas le droit. Il lui a mis le marché en main : « Ton enfant ou ce type. » Elle a choisi ce type.

Le père a donc un rival – un rival heureux. C'est une situation difficile, ancienne. De naissance, presque. Le père est un perdant-né. On ne dirait pas, à le voir. On n'aurait pas cru.

Il demande à sa mère de s'asseoir sur le fauteuil inclinable, « asseyez-vous », lui dit-il.

Le bruit de la roulette est insupportable. Elles se sont mises dans un coin et lisent ce qui est écrit sur les pochettes des disques. Elles ont hâte qu'il soit dix-neuf heures zéro deux.

Le père remplit une feuille de sécu. La grand-mère ouvre son portefeuille, sort deux billets. Il lui rend la monnaie.

On ne sait rien du père, rien de l'histoire. Que ça : il fait payer sa mère.

Seule avec lui

« Thérapie conjugale ». Il faut oser, non ?

Vous croyez que ça se soigne, un couple ? « je suis mariée, mais je me soigne », c'est ça ?

Je ferais mieux d'aller voir l'avocat en bas de chez vous.

On peut améliorer les rapports, renouer les liens défaits ? Et comment ?

Il faut être deux ? Deux pour quoi ? Pour guérir du couple ?

Mon mari ne viendra jamais – jamais, voilà une certitude.

Mais nous sommes deux. Vous et moi, ça fait deux.

Je ne plaisante plus, j'arrête – vous n'aimez pas quand je m'amuse.

Ce que je veux dire, c'est que la notion même de couple est incurable. Dans « conjugal » il y a « joug ». Et mettre ensemble sous le joug comme bœufs à la charrue un homme et une femme, c'est tenter d'accoupler une souris et un tigre, ou plutôt non, pas d'échelle de grandeur, une souris et un lézard – je vous laisse deviner qui est le lézard, des deux.

Bref, il n'y a pas de rapport, je ne vois pas le rapport. Vous faites semblant alors que vous êtes le premier à le savoir : aucun rapport.

Tout au plus peut-on espérer établir des rapprochements. Me rapprocher de l'homme, voilà l'objectif. Mais pas au point d'espérer le saisir ou le rejoindre. Une danse, tout au plus. Un tour de valse, avec du jour entre les corps. Une souris et un lézard dans le même rai de soleil, un instant.

Un homme et une femme qui dansent, est-ce que c'est un couple, pour vous ? Une union susceptible de parvenir à l'unité ?

Pour moi, ça fait deux – dans un couple, on est deux, je ne vous le fais pas dire, et je ne vois pas le rapport.

Soignez-vous les danseurs ? Même quand le bal est fini ?

Le père

Le père a beaucoup souffert, c'est sûr. C'est un pauvre papa sans maman.

Elle fait des petits dessins pour lui, de couleurs vives. Elle écrit des poèmes, des comptines qu'elle ne peut laisser le soir sur son oreiller, à cause d'André, mais qu'elle glisse dans la poche de son pyjama accroché à la patère de la salle de bain. Tous les jours après ses devoirs, elle invente un refrain nouveau, une poésie tendre dédiée à Pounet, Papounet. Dès qu'elle rentre du collège, elle enfile les babouches en cuir qu'elle lui a offertes pour son anniversaire, elle nage dedans mais ça lui plaît, elle a l'impression d'être avec lui, dans une espèce de tête-à-tête ; elle se plaît à entretenir cette intimité pantouflarde.

Elle est en 6e, elle a un an d'avance. À l'école, elle était toujours première ou deuxième, il s'agit maintenant d'obtenir à chaque trimestre les félicitations, d'être la meilleure. Elle est jolie, gaie, douce, polie, tendre, facile, bien élevée, attentionnée, sensible, aimante. Aussi le père sera-t-il fier, et lorsqu'elle grimpera sur ses genoux, après manger, midi et soir, il lui sourira.

Ainsi se forge, au fil des mois de sa dernière enfance, son idéal d'homme, sa définition de l'homme idéal : c'est quelqu'un qui a souffert, mais qu'on peut rendre heureux. La petite fille devenue femme n'a rien d'un bourreau des cœurs ; son ambition la plus noble, au contraire, son projet le plus fier, dès qu'un homme lui plaît, surtout s'il est triste et sombre, c'est de le rendre heureux.

Le fiancé

Son enfance est peuplée de fiancés. Elle n'a pas souvenir, comme en ont souvent les filles, d'un âge hostile aux garçons : aussi loin qu'elle remonte, ils sont là près d'elle comme dans une lumière dont elle serait à la fois la lampe et l'ombre. Sans doute est-ce la seule époque de sa vie où elle se sert d'eux – l'enfance est peuplée d'objets, de jouets qu'on peut changer quand le remontoir casse. Mais ils lui font connaître aussi la douleur de l'amour.

Le premier porte le prénom de l'époux qu'elle prendra vingt ans plus tard. Il lui manque une main, perdue dans l'incendie d'une voiture. Il a quatre ans, et quand elle danse avec lui en classe maternelle – toutes les danses avec lui, il n'a pas d'autre cavalière – elle a soin de le guider par le coude dans les tourbillons. Elle est triste lorsqu'il déménage pour un village voisin et n'a de ses nouvelles que dix ans plus tard, dans le journal où il est photographié escaladant de sa seule main nue une abrupte paroi.

Le second s'appelle Lionel. Quand elle arrive, lugubre, dans cette colonie de vacances où elle doit passer un mois loin de sa mère, il lui dit que lui, c'est deux, et chaque année que le Bon Dieu fait : il est orphelin, enfant de la DDASS – elle ne sait pas ce que c'est. Lorsqu'elle joue la fée dans le spectacle des sept-huit ans – il en a onze –, il applaudit à tout rompre et réclame un baiser, qu'elle lui donne en vérifiant s'il ferme les yeux – s'il est amoureux. Rentrée chez elle fin juillet, elle trouve deux lettres de lui envoyées par avance, qui la font pleurer devant sa mère surprise, et auxquelles elle n'a jamais répondu.

Puis elle est fiancée tout un été avec un garçon superbe aux yeux verts, nommé André, dont le père, chirurgien réputé, a greffé avec succès la main d'un enfant sectionnée par une tronçonneuse et roule en Buick bleu ciel sans un regard pour la populace, tandis qu'ils se montrent l'un à l'autre, dans le secret des dunes, les blancs de leurs corps hâlés.

Mais si elle va au fond de son cœur, elle n'y a vraiment gardé qu'un fiancé d'enfance : c'est juste avant l'adolescence, elle a douze ans, il en a seize, peut-être – mais elle lit et relit déjà Racine à voix haute. Il n'a qu'un bras, le gauche a été coupé un peu au-dessous de l'épaule, elle ignore pourquoi, pas plus qu'elle ne sait dire ce qui justifie, ces années-là, le retour insistant de *l'homme sans bras*, et de quelle part manquante se nourrit son désir – bercer, serrer, étreindre : l'amour naît-il de ce qu'il y a là quelque chose d'impossible ? L'amour est-il ce qu'on n'embrasse jamais que du regard ?

Elle le suit des yeux au bord de la piscine où il marche dans la splendeur de son corps brun, un peignoir éternellement jeté sur son épaule gauche, qu'il fait glisser au sol d'un geste bien appris à l'instant même où il disparaît tout entier et pour longtemps dans l'eau bleue, laissant pour trace de lui la tache claire du tissu éponge en tas sur les dalles, qu'elle reconnaît de loin et ne quitte plus du regard, jusqu'au moment où il se hisse à nouveau dans l'air – ses épaules, son dos – et reprend parmi les baigneurs étendus sa promenade drapée de dieu blessé.

Quelquefois leurs yeux se rencontrent : alors il lui sourit franchement et elle répond à peine, hautaine, craignant, par une réponse plus douce, de transformer en pitié vulgaire l'amour violent qui lui enserre le cœur.

Et puis un jour – elle doit partir le surlendemain chez sa correspondante à Londres – elle cède et, sortant de la piscine, dans le déchirement de l'exil à venir, accroche au frein de la mobylette qu'elle l'a déjà vu conduire avec dextérité un petit mot signé de son prénom que sans doute il ignore : « Je t'aime, tu sais. »

Le vent a dû l'emporter. Aux Anglais, là-bas, elle a raconté tout l'été qu'elle était fiancée à un type adorable à qui il manquait un bras – a boyfriend, you mean ? No, I mean a fiancé.

À ce point de l'histoire, elle ferait bien une exception à la loi du roman. Peut-être ne veut-elle pas que semble imaginaire cet homme dont la blessure ne l'est pas. Elle aimerait donc écrire son nom, son vrai nom jamais oublié : c'est une erreur, sans doute, comme ce l'était de ne pas répondre à son sourire ; mais n'écrit-on pas quelquefois pour rattraper les fautes et les billets d'amour emportés par le vent ?

Régis Arbez, je t'aimais, tu sais.

Le père

Lorsque sa sœur a quatorze ans, elle douze, le père leur explique tout : le sang, les règles, d'où ça vient, pourquoi, l'utérus, les trompes, les ovaires, il fait un schéma sur une feuille, ici le vagin, là le col, s'il n'y a pas fécondation de l'œuf (le père dit : l'œuf, elle se représente un œuf), alors la paroi desquame et s'effrite, c'est la déception de la matrice (le père dit : la déception, elle imagine qu'on est triste, ces jours-là).

Sa sœur demande comment on fait pour le féconder, l'œuf (elle le sait sûrement, mais bon). Alors le père explique tout : la verge, le prépuce, l'urètre, il fait un dessin, les spermatozoïdes, d'où ça vient, où ça va. – Ah bon, mais comment ? – Je réexplique, dit le père. Donc, voilà : la verge (« C'est ça qu'on appelle la bite ? » – elle se lance – « non, ne mélangeons pas tout »), la verge, donc, entre dans le vagin : c'est la copulation. Puis l'homme envoie ses spermatozoïdes au fond de l'utérus : c'est l'éjaculation. Après, il se retire (« C'est la déception » – « Bon, si tu m'interromps tout le temps, j'arrête »). De deux choses l'une : ou la femme est dans un bon jour et elle peut être fécondée – faire un bébé – ou elle n'est pas dans sa période d'ovulation et elle ne peut pas être enceinte. Si c'est un bon jour, les spermatozoïdes entourent l'œuf et le plus rapide pénètre à l'intérieur : c'est la conception. L'œuf fécondé se niche dans l'utérus et le bébé y grandit pendant neuf mois : c'est la gestation. Au bout de neuf mois, il sort : c'est la parturition.

– Et qu'est-ce que c'est ? dit-elle. Un garçon ?

Le père reprend, il a oublié de leur parler de ça, il explique, il sait absolument tout, le père : les chromosomes, la génétique, XX, XY, le hasard. D'autres questions ?

Sa sœur, oui : elle veut savoir ce que c'est, les bons jours.

Elle sait, elle, elle sait, elle lève le doigt comme à l'école : c'est les jours XY – mais non, elle n'a rien compris – zéro pointé en leçon de choses.

Le père reprend : le cycle, les menstrues, les vingt-huit jours à peu près, les bons jours pour être enceinte si on veut être enceinte, évidemment, c'est-à-dire les femmes mariées exclusivement : les jeunes filles, elles, ont des cycles irréguliers, donc aucun calcul n'est fiable, l'histoire de compter du 8e au 16e jour ne marche pas, elles peuvent tomber enceintes n'importe quand, c'est ça le danger, c'est pour ça qu'il leur explique, pour qu'elles comprennent bien : pour elles, tous les jours sont bons – c'est-à-dire tous les jours sont mauvais.

Et puisqu'on en est là, autant aller jusqu'au bout : on peut tomber enceinte (on tombe, on tombe bien bas) même la première fois, même pendant les règles, même avec un préservatif (une capote anglaise, dit le père – mais ça, elles savent, elles en ont trouvé une dans la table de chevet de la mère, ça se déroule comme un doigt de gant), même en prenant la pilule – ça arrive. On peut se retrouver en cloque même sans pénétration, il suffit que le partenaire ait éjaculé au bord, même vierge, les spermatozoïdes traversent l'hymen et hop, même en s'asseyant sur des toilettes pas nettes, même en s'essuyant dans une serviette, il suffit d'une goutte de sperme et le tour est joué, ça va très vite, ces choses-là, très très vite.

Il est donc strictement interdit d'être nue avec un garçon sans être mariée. On dit non, on serre les cuisses et on garde sa culotte : c'est l'abstention.

– Tu la connais, celle-là ? dit-elle à sa sœur tandis qu'elles reviennent du catéchisme : c'est une prière que je viens d'apprendre, on dit ça chez les catholiques : « Ô Vierge Marie, vous qui en avez eu un sans le faire, faites que je puisse le faire sans en avoir. »

C'est un blasphème, sûrement. Mais elle s'en moque : elle est protestante.

Seule avec lui

« Je fus heureux », « Enfin elle accepta de me rendre heureux » : on lit ça dans les romans du XVIIIe siècle. Une phrase d'homme, là je tiens une phrase d'homme, et je me demande si elle pèche par défaut ou par excès, s'il s'agit d'un euphémisme ordinaire ou d'une grossière hyperbole, si le bonheur des hommes est en deçà ou au-delà du corps des femmes.

Dans l'autre sens, avez-vous remarqué, la question ne se pose pas : « Alors, heureuse ? » est d'emblée dérisoire, parodique, comme si l'on ne parlait pas de la même chose, pas du même sentiment, comme si c'était différent.

Rendez-moi heureuse, rendez-moi ce que je vous ai donné, rendez-moi le bonheur – est-ce que ce serait ça, pour vous, l'hystérie des femmes comme moi : ce cri réclamant son dû, soudain, le goût du bonheur dans la bouche, embrassez-moi, regardez-moi, j'ai envie d'être heureuse – cet élan du corps exigeant du corps de l'autre un au-delà dont il n'a pas idée, qui ne serait ni le plaisir ni la jouissance, mais le bonheur, oui, le bonheur ?

Le premier amour

Elle s'intéresse à lui en le voyant sur une photographie. Il y a quinze jours qu'il est là en vrai sous ses yeux, mais c'est en photo qu'elle le découvre. « Et là, au fond, de dos, qui est-ce ? », demande-t-elle à l'amie qui a développé les clichés de leur première semaine à la mer. Celle-ci s'esclaffe : « Je sais bien que c'est du noir et blanc, mais tout de même… », puis, face au silence curieux, s'écrie : « Mais enfin, c'est Michel ! »

C'est Michel. Ces épaules à la fois rondes et carrées, ce cou net sous les boucles, ce dos puissant qui s'amincit en V jusqu'à la taille, ces bras-là, minces et musclés, c'est Michel.

Oui oui oui oui.

Depuis le début des vacances, elle est déjà sortie avec deux – deux flirts, dirait sa mère (à la maison, en l'absence du père, on écoute Michel Delpech, *pour un flirt avec toi je ferais n'importe quoi,* mais là, au camping en bordure des dunes, c'est plutôt les Doors, les Who,

Jefferson Airplane). Il lui faut se débarrasser d'eux, des deux. Un soir, elle feint de boire pour pouvoir faire n'importe quoi – ce qu'elle veut : il sera toujours temps de ne pas s'en souvenir.

C'est Michel qui, le lendemain, a tout oublié. « J'ai trop bu », s'excuse-t-il.

Il faut lui rafraîchir la mémoire. « Tu sais qu'on s'est embrassés, hier ? Plusieurs fois. »

Si si si si.

Elle veut recommencer, continuer. Elle est amoureuse de lui. Toutes ses amies le trouvent laid. Il est d'un roux éclatant, orange, avec une peau laiteuse qui ne bronze pas, il pèle. Quand il était petit, on l'appelait Poil de Carotte, Rouquin, Caisse d'Épargne (à cause de l'écureuil). Et ça continue. Ses copains passent en chantant : « Et quand le roux s'tond, et quand le roux pète, et quand le rouflaquette... » À elle ils demandent si c'est un vrai roux. Elle rougit.

Ses lèvres sont belles, sa peau est douce, ses mains. Elle aime qu'il parle peu, qu'il éclate de rire, qu'il ait eu le bac avec mention Très bien. Elle aime sa rousseur, ses taches de rousseur, sa résistance aux regards – qu'a-t-elle à faire d'un garçon qui n'aurait pas souffert ? Il est comme personne, il est différent des autres, il est autre, il est l'autre en qui se reconnaître – et n'est-ce rien que d'être un autre ?

Elle l'aime comme personne.

Si c'est un vrai roux, elle l'ignore encore. Son père a permis ces vacances à la mer sous la surveillance d'une famille amie, mais il a posé ses conditions : pas de garçon sous la tente, pas de sorties autrement qu'en groupe. « Car, dit-il lors du dernier briefing – et elle trouve l'expression triviale pour une chose si grave –, car, dit-il avec solennité : chauffe un marron, tu le fais péter. »

Trois mois plus tard, il lui avoue qu'il a menti : il n'a jamais vraiment connu de fille avant elle, il s'est vanté, en fait il est comme elle, il n'a jamais – bref, il est puceau.

Il est puceau. C'est pire que d'être roux, à vivre. Mais ça dure moins longtemps.

Le jour où ils font l'amour la première fois, elle raconte tout dans son journal. Cependant, comme elle soupçonne qu'on le lit en son absence, elle a l'idée de faire passer son récit pour l'un de ces extraits de romans qu'elle recopie souvent, parmi lettres reçues, poèmes aimés. Elle l'écrit entre guillemets à la troisième personne et, de la même façon qu'ailleurs elle a mis Paul Éluard ou Guillaume Apollinaire, elle termine par un nom qu'elle invente, un pseudo éponyme, un nom d'auteur fictif dont elle ne sait pas encore qu'il existe et qu'elle le lira plus tard avec passion; elle réfléchit un peu puis elle signe : Claude Simon.

Le professeur

Il a un grand corps sans harmonie, un buste long sur des jambes courtes, et un visage d'une sensualité extrême – ses lèvres épaisses, ses yeux à fleur de tête qui semblent vouloir en sortir, ses cheveux noirs et touffus de musicien fou, tout est difficile à regarder, à soutenir du regard. Les traits sont comme forcés par la nature, et lorsqu'il arrive sans cravate, certains matins, ou sans veste, l'été, on voit sous la chemise, couvrant le torse entier, une épaisse toison sombre.

Elle a dix-sept ans, elle est toujours avec Michel, qui prépare l'X. En terminale littéraire, elle passe des heures chaque semaine à regarder le professeur – elle l'écoute, mais d'abord, et passionnément, elle le regarde. Elle remarque tout, se livre à d'interminables interprétations, à une véritable sémiologie du corps. Pourquoi le professeur a-t-il ces mains puissantes et terriennes, ces bras de bûcheron – rien d'un intellectuel, absolument rien qui soit sensible, quand il se tait ? Et ces griffures sur la joue un peu lourde, sont-elles d'un chat, d'un rasoir ou d'une maîtresse enragée ? Il n'a pas d'alliance, il arrive de Paris en train tous les lundis. Et ce visage simiesque, agité, en désordre, qu'il donne chaque jour en spectacle à la seule classe exclusivement féminine du lycée, est-ce le désir qu'il faut y lire – un désir fou, plus fort que lui, incontrôlable – ou bien le seul tourment d'une intelligence en perpétuel mouvement ? Elle se le demande. Parfois, sortant des bras de Michel dont elle a caressé la peau blanche presque imberbe, elle voit dans le professeur une sorte de caricature grossière de la virilité. Puis il parle, le cours commence, magistral. Elle contemple les mains robustes qui cherchent la pensée, le corps massif colleté à l'Idée, elle entend la voix grave moduler les inflexions de l'esprit, et la beauté paraît, stupéfiante, absolue, intenable. Elle la voit, elle la désire, c'est une beauté qui fait souffrir, une puissance qui terrasse. Elle s'oblige à baisser les yeux sur son cahier, à cesser de regarder, elle est pétrifiée comme par le faisceau de quelque extraterrestre. Le professeur n'est plus une caricature mais la quintessence parfaite du sexe mâle. Elle le regarde à nouveau et, tandis qu'il passe la main sur son front et se tait, elle se dit, comme si c'était la première fois, comme si elle n'en avait jamais vu auparavant, comme si c'était une découverte, elle se dit : c'est un homme.

Peu avant les vacances de Pâques, il la présente au Concours général ; il lui parle longuement à la bibliothèque où elle travaille, après les cours ; il lui propose un café, un chocolat au distributeur, il lui prête des livres. Un jour, à midi, il l'invite à déjeuner. Elle accepte, mais dit qu'elle doit aller prévenir sa grand-mère, chez qui elle mange d'ordinaire, en semaine, et prendre ses affaires pour les cours de l'après-midi. Lorsqu'elle revient, haletante, il est assis sur la banquette, au restaurant, il lève les yeux de dessus le menu, tout son visage se distord en une espèce de joie irradiante, « Vous avez couru ? » lui dit-il – comme il dirait, avec la même reconnaissance : « Vous m'aimez donc ? », puis il commande, il mange comme quatre.

Une autre fois, elle le rencontre à la librairie. Il feuillette un ouvrage sur Botticelli, lui dit qu'elle est le Printemps. Il achète le livre et lui offre des poèmes de Saint-John Perse. Ils évoquent l'affaire qui agite un lycée voisin – le renvoi d'un collègue et d'une élève. Il est assez sévère là-dessus, à plusieurs reprises il met en avant la déontologie, elle ne sait pas ce que c'est – le soir même elle consultera son dictionnaire –, elle acquiesce. Elle est déçue (l'année précédente, elle a rêvé sur les beaux yeux du professeur d'histoire, jusqu'au moment où, la veille des vacances, elle l'a vu garant avec difficulté sur le parking un camping-car dernier cri. Là, c'est un peu pareil : les cristaux fondent autour du rameau).

« Et sur la grève de mon corps l'homme né de mer s'est allongé. Qu'il rafraîchisse son visage à même la source sous les sables ; et se réjouisse sur mon aire, comme le dieu tatoué de fougère mâle… Mon amour, as-tu soif ? Je suis femme à tes lèvres plus neuve que la soif. Et mon visage entre tes mains comme aux mains fraîches du naufrage, ah ! qu'il te soit dans la nuit chaude fraîcheur d'amande et saveur d'aube, et connaissance première du fruit sur la rive étrangère. »

Elle lit dans sa chambre, à voix haute. Tout ce dont il parle, même allusivement, elle le lit. Ce qu'il pense, ce qu'il aime, ce qu'il est, elle veut le savoir. Comment s'allient en l'homme la laideur et la séduction, la goinfrerie et l'éloquence, le désir et la déontologie (le camping-car et ces yeux-là), comment c'est possible, elle veut le comprendre. Souvent, lorsqu'elle rentre chez sa grand-mère, celle-ci écoute sur un vieux pick-up ses chansons préférées : *Plaisir d'amour*, *Paradis perdu* ou, plus récent, ce refrain qu'elle fredonne en mettant la table : « Qu'on est bien dans les bras d'une personne du sexe opposé Qu'on est bien dans ces bras-là Qu'on est bien dans les bras d'une personne du genre qu'on n'a pas Qu'on est bien dans ces bras-là. » Elle chante avec sa grand-mère, elle lui fait faire un tour de valse tout en songeant au professeur. Il n'est pas son genre, vraiment. Mais justement…, c'est ça qui l'intéresse : l'autre, l'homme, le sexe opposé, la rive étrangère. Pas son genre, non. Le genre qu'elle n'a pas.

Seule avec lui

Je ne sais pas si vous connaissez, Saint-John Perse? *Amers*, plus spécialement, le recueil qui s'appelle *Amers*? C'est un dialogue entre deux amants, un couple nu dans une chambre océane – je ne sais pas si vous aimez la poésie (vous aimez la mer, en tout cas : il n'y a que des marines dans votre salle d'attente). Ce qui est extraordinaire, là, c'est l'insistance proprement sidérante sur la différence des sexes : c'est l'union physique momentanée et presque intenable de deux corps que tout sépare, sinon le désir : désir d'entrer dans ce qui s'ouvre, désir de s'ouvrir et de se voir ouverte – désir commun d'aller contre la mort. C'est tout. Le reste, quoi? La mer et la rive, la force et la douceur, la puissance et l'obéissance, le chasseur et la tendre bête, la foudre et la grenade rose, le silence et le cri, l'âme foraine et le cœur riverain, le pilote et la nef, le voyageur et la maison, le maître et la servante, l'aile et le lit. Le mâle et la femelle : c'est la nuit et le jour.

Ils ne se retrouvent donc que là, dans l'acte d'amour, dans ce qu'on appelle l'amour, cette ligne de partage entre la terre et l'eau, cette frêle ligne d'horizon entre la mer et le ciel, ils se retrouvent là, danseurs, acrobates du fil, proches, approchés, rapprochés dans ce rapport, le rapport sexuel, le seul qui ait un sens, sinon il n'y a pas de rapport. On est seul. Les questions restent vaines, et vains les appels. « Où es-tu, dit le songe. Et toi tu vis au loin…, et moi, que sais-je encore des routes jusqu'à toi ? Ô face aimante, loin du seuil… Où combats-tu si loin que je n'y sois ? pour quelle cause qui n'est mienne ?

Où es-tu, dit le songe. Et toi tu n'as réponse. »

Pourquoi êtes-vous si loin, toujours ? Pourquoi toujours emporté vers ailleurs, vers quel ailleurs ? Pourquoi ? Ce voyage a-t-il seulement un sens, un but ? Êtes-vous vraiment né de la mer et désireux d'y naviguer toujours ? Êtes-vous vraiment ce nomade au front pur, « hanté de choses lointaines et majeures » ? Quelles choses, pourquoi, à quoi pensez-vous ? Votre monde est-il plus vaste que le silence où je crie ? Êtes-vous fort, êtes-vous noble, êtes-vous fier ? De quoi, pourquoi ? Quelle est votre nature et où va mon amour ? Au corps de l'athlète, à l'oppression du maître ou à la jalousie du dieu ? Êtes-vous puissant, êtes-vous faible ? Existez-vous sans moi, sans l'amour de moi, vraiment ? Et si la mer vous emporte, où allez-vous où je ne sois, en quel lieu que j'ignore ? Est-ce un voyage ou une ruse, un semblant de départ ? Partez-vous vraiment ? Et si la mer vous emporte, est-ce que la mort vous rapporte ? Revenez-vous ? Reviendrez-vous ? D'où ? D'où venez-vous lorsque vous venez, lorsque vous dites « Je viens » ? Est-ce si long, est-ce si loin ? « Un pas s'éloigne en moi », est-ce le vôtre ? Où allez-vous ? Où êtes-vous ? Qui êtes-vous ?

Et toi, tu n'as réponse.

Le premier amour

Elle reste longtemps avec le premier amour. Elle va au cinéma avec lui tous les samedis, puis ils se raccompagnent indéfiniment l'un chez l'autre en traînant leur mobylette. Le dimanche ils font l'amour l'après-midi quand les parents sont sortis. Ils partent en vacances ensemble, dès que Michel a son permis ils parcourent le monde en 4L, ils vont à Venise, à Ljubljana, à Amsterdam, à Londres, ils fument du shit, ils assistent à l'enterrement de Jim Morrison, ils s'embrassent sur le Pont des Soupirs, ils manifestent avec le Planning familial, ils écoutent le concert de Weather Report à Châteauvallon, ils jouent aux fléchettes dans les pubs d'Inverness, ils marchent dans les pas de Joyce à Dublin, ils visitent la maison de Freud à Vienne, ils s'aiment.

Un jour – c'est le 31 décembre, pas n'importe quel jour –, elle l'attend, il ne vient pas. Il appelle assez tard pour dire qu'il ne vient pas, qu'il n'aime pas trop ces festivités imposées, qu'il a d'ailleurs un devoir de maths vraiment trapu, qu'il va le finir et puis se coucher.

À la soirée où elle va seule, il y a des garçons qui lui plaisent ; mais aucun ne lui parle, ne l'invite à danser : elle est avec Michel.

De retour chez elle, elle écrit dans son journal :

Mais pleure pleure et repleurons
Et soit que la lune soit pleine
Ou soit qu'elle n'ait qu'un croissant
Ah ! pleure pleure et repleurons
Nous avons tant ri au soleil

Des bras d'or supportent la vie
Pénétrez le secret doré
Tout n'est qu'une flamme rapide
Que fleurit la rose adorable
Et d'où monte un parfum exquis

Deux semaines plus tard, elle s'enferme dans sa chambre, elle met du Leonard Cohen, et elle avale tous les comprimés qu'elle a pu trouver dans l'armoire à pharmacie. Elle s'assied à sa table devant une feuille blanche, mais rien ne vient, pas un mot pour dire ça – qu'il lui faut des bras d'or pour supporter la vie. Elle écoute la voix de Cohen, *I need you, I don't need you*, elle ne sait plus ni vivre ni mourir.

Elle part en Solex jusque chez Michel, il est là, sa mère le prévient, il descend (peut-être y a-t-il quelqu'un dans sa chambre ?). Alors elle lui dit : elle a pris des somnifères, elle espérait avoir un accident en venant, elle aurait bien voulu. Il devient blanc comme un mort, blanc comme la feuille sur laquelle elle n'a rien écrit, il prend les clefs de sa voiture et crie à sa mère : « Je la raccompagne. »

Elle pleure à côté de lui tandis qu'il met le Solex à l'arrière de la 4L, « je la raccompagne », elle n'a même plus de nom, elle sanglote, elle s'accroche à lui, qu'est-ce qu'il y a, Michel ? qu'est-ce qui s'est passé, qu'est-ce que je t'ai fait ? Michel, est-ce que tu m'aimes ? Il la ramène chez elle, mais rien, laisse-moi, rien du tout, raconte l'histoire à sa mère qui appelle André qui accourt – mais ça n'a pas l'air grave, ce n'est rien, rien du tout.

Le soir, Michel appelle et lui demande poliment comment elle va. « Ça va », dit-elle (le père est assis au salon, il lit le journal : quand on n'a rien à dire, on se tait). « Compte tenu de ce que tu viens de me faire, ajoute Michel – il a des examens à la fin de l'année, lui –, il vaut mieux que nous arrêtions complètement, que nous ne nous voyions plus. »

Elle ne répond pas – *Sept épées de mélancolie Sans morfil ô claires douleurs Sont dans mon cœur* – il raccroche.

Ce que tu viens de me faire.

Elle pleure à table, pendant des semaines elle pleure. « C'est comme ça, les garçons, dit le père qui n'a pas entendu péter le marron, à cet âge ils n'ont qu'une chose en tête ; mais ne t'inquiète pas, finalement ce sont les filles comme toi qu'ils épousent. »

Les filles comme toi.

Trois mois plus tard, elle contrefait son écriture et envoie à Michel une courte lettre signée d'un paraphe illisible : c'est d'un garçon très amoureux d'elle mais désespéré car, écrit-il pathétiquement, « elle n'aime que toi, elle ne veut que toi ». Et, continue-t-il, « comment peux-tu ne pas répondre à cet amour, elle est si belle, si merveilleuse, des filles comme elle il n'y en a pas beaucoup, je ne comprends pas, vraiment, et je donnerais cher pour être à ta place, pour qu'elle m'aime comme elle t'aime ».

Des filles comme elle.

La lettre parvient à Michel la veille d'un concert de rock où elle sait qu'il doit aller ; elle-même s'y rend avec trois garçons – elle fait bonne mesure. À un moment, Michel s'approche d'elle – ils ne se sont pas parlé depuis *ce que tu viens de me faire*, elle l'a vu deux ou trois fois avec une fille dans sa voiture – il lui dit qu'il ne peut pas l'oublier, qu'il l'aime, qu'il en est sûr maintenant. Elle ne lui demande pas ce qui lui a ouvert les yeux, elle lui sourit.

Les hommes comme eux.

Le soir, elle écrit dans son journal : « Tromper, jouer, trahir : les secrets d'amour. »

Mais c'est un autre secret qu'elle découvre : celui de la langue. La vérité est tout ce qui s'écrit. Sur la platine, Léo Ferré chante : « Les armes et les mots, c'est pareil, ça tue pareil. » Mais ça ramène aussi la vie, cette parole qui saisit l'autre à distance, où qu'il soit, comme une main sur l'épaule.

Le professeur

Ils sont assis sur le canapé, le professeur et elle : au cinéma avec sa sœur, elle l'a rencontré et lui a proposé de venir boire un jus d'orange chez elle, à deux pas – tous les cafés étaient fermés.

Le professeur regarde tout d'un œil avide, sans retenue : les meubles droits, les tableaux représentant des paysages locaux, les quelques reliures de la bibliothèque vitrée et, en enfilade par la porte ouverte, la chambre des parents où trône, occupant tout l'espace, l'austère lit double en chêne noir, flanqué des deux tables de chevet avec leurs abat-jour assortis, figure ironique du couple.

– Voilà un intérieur terriblement protestant, dit le professeur, qui aime Barthes et la sémiologie du quotidien. Si je ne savais pas que vous êtes protestante, je le devinerais en découvrant ce décor… un peu froid, austère.

– Ah ! vous trouvez (*et moi, est-ce que j'ai l'air protestante*) ?

Sa mère et André arrivent à cet instant, ils rentrent du restaurant, saluent le professeur, « Monsieur »,

« Madame », puis disparaissent dans la chambre dont la porte se referme sur des rires un peu ivres.

– Nous dérangeons vos parents, dit le professeur, les yeux rivés sur la serrure restée obscure.

– Oh ! ce n'est pas mon père, réplique-t-elle.

Il tourne vers elle un regard aigu où passe un désir cru, violent, vulgaire, puis, comme elle lui tend poliment une assiette de pistaches, il en prend une poignée en la remerciant. Mais ses yeux reviennent sans cesse à la porte close, un peu rêveurs, comme à une perspective d'avenir.

Protestante, oui. Pas catholique.

Le père

Le père n'est pas père pour tout le monde. Pour d'autres, il est un patron, une relation, un ami, un amant. Pour la mère, il est un mari. Mais c'est le même homme, il s'agit toujours de lui.

« Imagine-toi que trois jours après notre mariage, en voyage de noces à Venise, j'ai voulu aller chez le coiffeur pour me faire belle, pour lui plaire ; et puis le coiffeur de l'hôtel m'a proposé de changer de tête, d'essayer une nouvelle coupe plus moderne – j'avais les cheveux longs, ça ne m'allait pas très bien –, enfin tu vois, j'avais dix-neuf ans, j'ai dit d'accord. Et quand je suis rentrée... Quand je suis rentrée ! Ton père, qui n'était pas encore ton père, m'a fait une vie, mais une vie ! Il était furieux, livide, il m'a reproché de ne pas lui avoir demandé son avis, d'avoir désobéi – soi-disant qu'il avait bien spécifié qu'il voulait que je garde les cheveux longs –, bref il ne m'a pas parlé pendant deux semaines. Est-ce que tu te rends compte : deux semaines, en voyage de noces ! J'ai pleuré, oh là là, qu'est-ce que j'ai pu pleurer ! J'avais dix-neuf ans, tu sais, je venais de quitter mon père et ma mère.

Et puis alors la fois où j'ai eu ma lymphangite – je venais d'accoucher de ta sœur, et je souffrais, je souffrais ! Eh bien, lui, la nuit, il me disait en se tournant contre le mur : "Bon, j'aimerais bien que tu me laisses dormir." Il était dur, quand j'y pense, vraiment dur, égoïste. J'aurais dû partir à ce moment-là, partir, voilà.

Ce qui m'écœure, tu vois ma chérie, c'est qu'il ne m'a jamais donné un centime, jamais fait de cadeau ni rien. Et à vous non plus, ses filles, pourtant... Alors qu'au départ il n'avait pas un sou vaillant, il ne faut tout de même pas l'oublier, c'est mon père qui a tout payé : le cabinet, les appareils, la voiture, l'appartement, lui sinon, rien – son père était serrurier, alors tu penses ; pas Louis XVI, hein, un petit serrurier de rien. La moindre des choses ç'aurait tout de même été d'être un peu reconnaissant, d'utiliser cet argent pour nous rendre heureuses, parfaitement, nous rendre heureuses. Mais penses-tu ! Quand je me rappelle mon père se tuant à la tâche pour faire tourner sa boîte, tout ça pour établir sa fille adorée, j'ai de la peine.

Tu comprends, avec André c'était bien tout de suite : la douceur, la tendresse. Parce que ton père : je fais ma petite affaire et bonne nuit. Moi j'étais jeune, mon père m'avait toujours aimée, gâtée, j'avais besoin de tendresse et je n'en avais pas, ton père ne m'a jamais rien donné, dans le fond, tu vois, si je réfléchis, après vingt ans de mariage, c'est terrible mais je n'ai aucun souvenir heureux. Aucun. Sauf vous, bien sûr, mes filles ; voilà : la seule chose que j'ai réussie avec lui.

Alors, fidèle, moi je veux bien. Mais fidèle à quoi ? »

Le père et la mère ne se parlent jamais directement. Sa sœur et elle assurent la transmission, les échanges croisés. Au bout de vingt ans, la mère, à la fin d'un repas, demande le divorce (elle a décidé d'épouser André, et réciproquement). C'est une demande inattendue parce qu'il y a longtemps qu'elle ne demande plus rien : le père lui a donné deux filles, point final. Mais là, ce jour-là, on lui force la main ; alors, bien qu'en son âme les ancêtres protestent (on ne divorce pas, chez les protestants), il donne son accord.

Seule avec lui

Ce que je sais, ce que je peux dire ? D'expérience ? D'observation ? De mémoire ? D'intuition ? Ce que j'ai appris, par la vie ? Les livres ? La rumeur publique et privée ?

Que l'homme écoute la radio beaucoup plus fort que nous. Qu'il claque les portes. Qu'il ne ferme pas les placards. Qu'il ne sait pas où sont rangées les casseroles, les assiettes, les fourchettes à huîtres. Qu'il oublie les dates importantes. Qu'il ne se trouve pas assez de défauts. Qu'il ne se sent pas naître, qu'il souffre à mourir et qu'il oublie de vivre. Que les ténèbres le troublent. Qu'il voit mieux de loin mais ne trouve pas le beurre dans le frigo. Qu'il est fidèle en amitié. Qu'il s'assied les jambes écartées. Qu'il utilise en moyenne sept mille signes par jour (la femme vingt mille). Qu'il dissocie l'amour du sexe. Qu'il ne rebouche jamais les tubes de dentifrice. Qu'il a horreur des parapluies, même quand il pleut. Qu'il peut aspirer à la vertu mais non à la vérité. Qu'il est plus doué pour le raisonnement mathématique. Qu'il s'oriente mieux dans l'espace. Qu'il a du mal à pleurer. Qu'il se construit sur le non. Que la sensibilité est la part la plus verrouillée d'un homme. Qu'il est fragile. Qu'il répugne à montrer ses émotions. Qu'il n'est pas libre de ne pas faire ce qui lui fait plus de plaisir que toutes les autres actions possibles. Qu'il a peur de ne pas bander. Qu'il accepte mieux qu'avant sa part féminine. Qu'il oublie la moitié des courses (il n'a pas emporté la liste). Qu'il laisse les journaux par terre quand il a fini de les lire. Qu'il se dit : « Pourrai-je lui plaire ? Voudra-t-elle m'aimer ? » Qu'il achète ses vêtements sans les essayer. Qu'il n'est plus indifférent aux produits de beauté. Qu'il passe plus volontiers l'aspirateur que le chiffon à poussière. Qu'il préfère promener bébé que changer sa couche. Qu'il n'oublie pas d'appeler sa mère. Que tous sont esclaves. Que peu méritent qu'on les étudie. Que le monde endurcit leur cœur. Qu'ils ne vivraient pas longtemps en société s'ils n'étaient les dupes les uns des autres. Qu'ils sont en train de changer. Qu'ils savent mieux prendre des mesures que les suivre. Qu'ils sont sujets à perdre le souvenir des bienfaits et des injures. Qu'ils aiment les bas qui tiennent tout seuls. Qu'ils préfèrent les brunes. Qu'ils agissent mollement pour les choses qui sont de leur devoir. Qu'ils manquent rarement leur suicide. Qu'ils aspirent à la tranquillité. Que c'est ça les hommes. Qu'ils

Le médecin IVG

Elle s'est levée à six heures du matin pour ne pas être dérangée ni surprise. Toutes les trente secondes elle regarde l'éprouvette – rien – quand d'un coup c'est là, ce cerne brun comme indiqué sur la notice : elle est enceinte.

Elle pense au suicide mais n'a pas envie de mourir. Et comme elle a promis à Michel de l'appeler dès qu'elle saurait, elle attend avec angoisse qu'il soit huit heures.

« Je viens », dit-il. « C'est le grand amour matinal », remarque sa grand-mère chez qui elle habite en cette fin d'été, depuis que ses parents sont séparés.

« Je viens », comme dit le médecin de famille appelé en urgence, comme dit la mère que son enfant réclame, « je viens », comme disent les hommes quand ils vont jouir, « je viens ».

Ils sortent de la ville, s'arrêtent au bord d'un bois désert où ils ne sont jamais allés. Michel n'est pas le père, il le sait : il y a des mois qu'ils n'ont pas fait l'amour, et pendant ces dernières vacances ils ont dormi ensemble comme des enfants, blottis dans le grand lit jaune de la maison du Tarn. Elle est partie deux jours seulement, fin juillet, raisonner, disait-elle, un amoureux éconduit qui menaçait de se tuer si elle ne venait pas, fût-ce une heure – « mais non je ne couche pas avec, mais non je ne vais pas le faire, d'ailleurs regarde, je n'emporte même pas mon diaphragme, je le laisse là sur la tablette, pour que tu sois sûr… ».

Elle a pris le train, pleine d'un désir violent pour l'autre qui tous les soirs au téléphone l'a suppliée de venir, elle est dans le train, le ventre noué par ce désir qui la harcèle comme une voix – se le taper, se le faire, en finir avec ce jeu de cache-cache, en finir. Quand elle arrive à la gare, il fait déjà presque sombre, la chaleur est encore grande et lourde. Il l'attend, elle lui dit : « Là, dans ta voiture, viens », ils font l'amour brutalement, ils baisent, la nuit embaume comme un corps, il n'a jamais été question de mourir.

– Vous n'utilisez donc aucun moyen de contraception ? lui demande le médecin

– C'est-à-dire, si, j'avais un diaphragme, mais je ne sais pas, ça n'a pas marché.

Elle ment, elle sent que c'est mieux – il y a des hommes à qui il faut mentir.

– Un diaphragme, c'est une hérésie pour une jeune fille comme vous ; je ne sais pas qui vous l'a prescrit, mais moi je ne le conseille qu'à des femmes plus…, enfin c'est d'un maniement délicat, et puis la marge d'échec reste importante – la preuve. Statistiquement…

(Statistiquement, un diaphragme rangé dans sa boîte à cinq cents kilomètres du lieu de l'intrigue n'a plus qu'une efficacité réduite. Elle baisse la tête.)

– Allons, ne vous en faites pas, je vais vous expliquer comment nous allons procéder.

La canule. L'aspiration. La méthode. L'anesthésie – non, elle ne veut pas être endormie, elle veut être là –, les risques.

Elle signe une décharge de responsabilité, en cas de décès. Elle est majeure depuis Giscard, et dans la légalité depuis Simone Veil, quelques mois plus tôt. Elle a de la chance.

Il lui dit qu'elle aura mal, mais que c'est supportable, que ces douleurs ressemblent à celles de l'accouchement – elle doit avoir l'air stupide, car il ajoute, gêné : « Ça ne vous dit pas grand-chose, bien sûr. À moi non plus, d'ailleurs, conclut-il en souriant. Mais tout ira bien. »

À aucun moment elle n'a vraiment peur. Elle est au cœur d'un puissant paradoxe qui fait que, dans les moments d'angoisse précédant l'événement, comme si elle portait tout ensemble la mort et la vie, seule la console, secourable, amicale, aimante, l'idée de l'enfant.

Au secrétariat, elle veut payer la consultation. « Vous n'avez pas réglé directement le docteur ? », lui demande-t-on. Non, elle croyait que… La secrétaire frappe à la porte du cabinet, s'informe.

– Non, dit la voix du médecin, je ne veux pas qu'elle…

Puis, comme se reprenant :

– Non, dit-il. Elle paiera plus tard.

Elle croyait se souvenir toute sa vie du nom de cet homme. Elle l'a oublié corps et biens, nom, prénom, visage. Il doit être à la retraite, peut-être mort maintenant. Elle se rappelle seulement sa voix, la douceur de sa voix différant l'expérience d'une souffrance inconnue d'elle et dont il savait qu'elle viendrait, qu'à coup sûr elle viendrait un jour – plus tard, oui, plus tard.

L'enfant – une fille, un fils ? –, l'enfant aurait l'âge qu'elle avait.

Le professeur

Le jour où elle a le bac, il lui offre des sonates de Beethoven jouées par Yves Nat. Ils prennent un thé en face du lycée. Michel la rejoint, il sort de son dernier cours, ils partent en Écosse le lendemain. Le professeur lui tend la main, bonnes vacances alors, merci, à vous aussi. Elle le regarde s'éloigner sur le boulevard Jean-Jaurès, il y a déjà beaucoup de feuilles mortes, pour un mois de juin.

Elle le revoit deux ans plus tard dans une librairie du Quartier latin, son cœur bat quand elle l'aperçoit, de dos près d'une étagère, le front penché sur un dictionnaire, elle reconnaît sa silhouette trapue, sa chevelure, c'est lui, elle en est sûre. Au moment où elle va partir, il se retourne d'un seul coup comme si on l'avait appelé.

Il est assistant à Nanterre, elle redouble sa khâgne à Fénelon. Elle a une chambre tout à côté, ils vont chez elle. Elle est surprise qu'il ait sur lui des préservatifs.

Tard dans la nuit, il demande à se servir du téléphone. Elle va à la salle de bain, d'où elle l'entend dire qu'il ne rentrera pas – à demain, dit-il, à demain.

Elle ne comprend pas. Elle est envahie d'une peur vague.

Il n'y a pas de quoi. Le professeur habite chez sa mère, c'est tout.

Il se lève au milieu du repas, il a un coup de fil à donner. Il décommande un week-end, annule une sortie, abrège une rencontre, manque un rendez-vous. Il se demande si ce vert Lui irait bien, si Elle supporte le parfum du gardénia, si Elle aura envie de voir ce film, cette pièce, cet opéra, si cela Lui plairait d'aller à Bruges, à Vienne, à Bénodet.

Elle dort mal, elle maigrit, elle pleure.

Il n'y a pas de quoi. Le professeur aime sa mère, c'est tout.

Le père

à partir de dorénavant
ça me ferait mal aux seins
ça te passera avant que ça me reprenne
ça me fait braire
je m'en tamponne le coquillard avec un presse-purée à réaction
un trou avec du poil autour
baiser à couilles rabattues
les bijoux de famille
chauffe un marron, tu le fais péter
une tête de nœud
des yeux en trou de bite
le trou de balle en chou-fleur
tout est dans tout et réciproquement
je suis contre tout ce qui est pour et pour tout ce qui est contre
ça ne vaut pas un pet de lapin
aqua sacerdote Theba
Tadla, mère d'Athalie, quête

Il nous a brouillé l'écoute avec sa panne de micro
le tout de mon cru
rien de tel qu'un bon bourre-couillon pour donner du goût
ça me fait une belle jambe
Tiens, un discours du Grand qu'on voit de loin
« Français, Françaises,
Je vous ai mis dans la merde jusqu'au cou
Mais moi qui suis plus grand que vous
Je n'en ai que jusqu'aux genoux
Et maintenant, démerdez-vous ! »
Fille de dégénéré !
Mon père, ce héros au sourire si doux
gras du bide
ç'a eu payé
c'est étudié pour
pourquoi tu tousses ?
« J'ai dit au long fruit d'or
Mais tu n'es qu'une poire. »
« Un jour au fond d'un vallon
Un serpent piqua Jean Fréron.
Que croyez-vous qu'il arriva ?
Ce fut le serpent qui creva. »
La liberté individuelle finit où commence celle d'autrui
On n'est jamais assis que sur son cul
Ce que l'on conçoit bien s'énonce clairement
Et les mots pour le dire arrivent aisément.
« Un bouseux plein aux as

Sur le point de calencher
Fit venir ses lardons Et leur jacta en lousdé »
On ne lit pas à table.
Qu'est-ce qu'elle raconte, la veuve douairière ?
Tu étais encore dans les couilles de ton père.
Regarde-moi quand je te parle.
Quand on n'a rien à dire, on se tait.
On ne doit pas juger ses parents.
C'est mon opinion et je la partage.
Sans commentaires.
Point final.

Seule avec lui

J'ai fait une expérience, hier; je me suis inspirée d'un test scolaire sur la mémorisation : j'ai couché sur le papier toutes les phrases que j'ai retenues de mes proches, tout ce qu'ils ont dit assez souvent ou assez solennellement pour que je m'en souvienne. Vous voyez? J'ai commencé par mon père, c'est venu tout seul, sans presque chercher, en dix minutes j'en avais deux pages pleines : des expressions à lui, des citations, des blagues qu'il faisait souvent, dans mon enfance.

Et puis j'ai relu. Je crois que j'espérais trouver là une sorte de secret, une formule magique où se condenserait tout le père, son essence. Mais quelle expérience atroce! À quoi se réduit notre être, soudain! Si je vous lisais, vous comprendriez.

Ensuite, je n'arrivais pas à ajouter quoi que ce soit à ce portrait parlant – parlant, oui, tellement parlant que j'en étais muette, saisie d'effroi comme devant l'abîme. Il m'avait semblé que c'était beaucoup, deux pages, pour un homme qui se tait, que ça allait donner chair et corps au mystère, que j'allais entrer dans le secret. Et ce qui m'est apparu soudain, et j'ai eu comme un trou dans l'âme, devant mon petit ramassis de miettes, c'est qu'il n'y avait pas de secret, justement, pas l'ombre d'un secret. Le père n'est pas *ce héros*, voilà, vous êtes content, je suppose – « il faut tuer le père » et tout le saint-frusquin, je sais. Mais je ne vais pas en rester là, comme vous dites, je vais continuer, vous allez voir.

Le père

Elle écrit parce qu'il se tait. Elle l'a dit une fois dans une interview : « On n'est pas des bavards, dans la famille. »

Et pourtant il parle. La preuve : elle s'en souvient. Ça l'a marquée. Elle a tout imprimé.

Elle se relit – c'est-à-dire elle le relit, elle relit ce qu'il a dit, elle relit ce qu'elle a écrit, qu'il a dit.

Elle compare avec les phrases de la mère ; elle n'en a retenu que deux, elle a beau chercher, que deux : « ma chérie » et « mon amour » (et puis aussi, en sa présence mais à André, ce mot énigmatique pour s'adresser à l'Homme, cette langue étrangère de l'amour, ce mystérieux idiome qu'on apprendra plus tard, c'est sûr, cette parole au sens caché, mais qu'on devine, eût-on six ans : « Darling »).

D'André, à part « ma jolie », une seule émerge vraiment, tragique, sentencieuse, à la façon de ces phrases qui restent là quand on se réveille d'un cauchemar dont on a tout oublié, et qu'il prononce lorsque, alarmées par les cris, sa sœur et elle, en chemises de nuit, se propulsent dans le salon comme des diables crevant le couvercle et le trouvent, lui, André, assis dignement sur l'une des bergères Louis XVI tandis que la mère balance les autres par le balcon sans regarder si quelqu'un passe en dessous – une seule parole, donc, pondérée dans ce désordre dont elle ignore la cause (un avortement, peut-être, mais elle ne creuse pas plus avant le grand mystère des femmes, elle n'a pas le temps, il y a trop d'hommes), une seule phrase nette et concise pour résumer, dirait-on, au-delà des circonstances particulières, ce que tous les hommes pensent de toutes les femmes, justement, et c'est pourquoi elle s'en souvient : « Votre mère est folle. »

Pour le père, c'est différent, il y en a tant, et d'autres qui lui reviennent – si tu es gai, ris donc, auparavant chinois, toute ma vie j'ai rêvé d'être une hôtesse de l'air, toute ma vie j'ai rêvé d'avoir les fesses en l'air.

Elle relit et, si, tout de même, il y a un secret. Mais lequel ?

Puis elle comprend : le secret du père, c'est sa langue – une langue crue, des plaisanteries de carabin, des mots de corps de garde, des calembours de potache sur le sexe et les femmes, bref une langue d'homme. Le père lui parle ainsi, dans l'enfance, afin qu'elle l'apprenne, qu'elle s'en imprègne. Il n'a eu que des filles, mais il leur parle comme à des garçons, d'homme à homme, avec ce rien d'enfance, aussi, d'humour naïf qui séduit même les quilles à la vanille, peut-être.

Est-ce ainsi que les hommes parlent ? Certainement, puisque c'est la langue du père.

Les hommes ne parlent pas d'amour – ni « ma chérie », ni « mon amour ».

Les hommes ne s'apitoient pas, ils s'amusent : « vas-y, pleure, tu pisseras moins. »

Les hommes ne fleurissent pas la langue de métaphores efféminées, de figures romantiques : le long fruit d'or n'est qu'une poire, la femme un trou avec du poil autour. Foin de savante poésie : j'appelle un chas un con, et les mots pour le dire arrivent aisément.

C'est une langue verte, une langue qui en a.

Elle l'apprend vite, Camille. Sa sœur Claude aussi. Ni cris ni larmes. On n'est pas des gonzesses. Tu seras un homme, ma fille. Et puis quand on n'a rien à dire, on se tait.

Elle se relit – elle relit ce qu'elle a écrit, ses trois romans. Le père lui a transmis sa langue, indéniablement, sa voix virile, elle hante le texte et le tatoue d'une empreinte mâle, il en est l'auteur comme on dit « l'auteur de ses jours ». Le père n'est pas un héros ? Mais il est le héros de l'histoire : quand elle écrit, il règne, elle écrit dans sa langue, sa langue paternelle.

Le professeur

Ils font le projet de partir ensemble en vacances, le professeur et elle. Mais celui-ci va sans doute être obligé d'y renoncer, lui explique-t-il un soir alors qu'elle s'est déjà acheté une robe d'été et le guide des Cyclades, parce que, insiste-t-il, moi, contrairement à toi, je n'ai pas les moyens – le loyer de son quatre-pièces dans le 6e, sa mère, les livres nécessaires à sa thèse, bref s'il ne trouve personne à qui emprunter, qu'elle parte sans lui.

Elle vide le livret de Caisse d'Épargne dont s'enorgueillit sa grand-mère, paie leurs billets d'avion et lui donne la moitié du reste – s'il pouvait le lui rembourser en trois mois, ce serait bien parce qu'elle aimerait, à la rentrée, quitter sa chambre de 10 m² sous les toits pour un studio un peu plus grand où elle aurait de quoi faire la cuisine et les WC à l'intérieur. Il dit « bien sûr », tient à dresser un échéancier.

Sa mère les accompagne à l'aéroport. « Attention, lui a dit le professeur la veille, surtout pas trop de fanfreluches – tu n'as droit qu'à vingt kilos de bagages. » Elle arrive donc à Orly avec un sac à moitié vide – au soleil, après tout, on vit presque nue. Le professeur a deux valises énormes et, en bandoulière, un pesant matériel photographique – deux boîtiers, quinze objectifs, un pied, six filtres, « Are you a top model ? » lui demandera la logeuse avec un rire incrédule. Avant l'enregistrement, il fourre dans son sac une grosse trousse à pharmacie et une boîte de premiers secours – « je parie que tu n'as même pas pris d'aspirine, dit-il avec indulgence en lançant à sa mère un regard d'intelligence. Je ne sais pas si tu sais, mais si tu attrapes un virus là-bas et que tu n'as pas d'antibiotiques, le temps que l'hélicoptère s'amène, tu es morte et enterrée ». Sa mère lui demande si elle a pensé à se munir d'un nécessaire à couture, non, elle n'y a pas songé, eh bien tant pis pour elle, souhaitons qu'elle n'ait pas d'ampoules aux pieds parce que sans aiguille... Au moins a-t-elle de bonnes chaussures de marche ? c'est rocailleux là-bas, le professeur quant à lui s'en est acheté d'excellentes, qui pèsent bien mille cinq cents grammes chacune.

Elle a le cœur qui bat, elle ne trouve plus son passeport, ah si, le voilà. Elle paie les 350 F d'excédent de bagages.

À Athènes, il fait très chaud. Le professeur ne veut pas l'accompagner à l'Acropole, il connaît ça par cœur, il est déjà venu trois fois, étudiant. Elle, c'est la première fois ; elle erre longtemps dans les rues puis parmi les ruines, elle feuillette le Guide Bleu. Au musée, un fragment de vase lui rappelle un merveilleux cours sur Platon qu'avait fait le professeur lorsqu'elle était son élève – un cours lumineux, sur l'amour.

Au Pirée, le lendemain, ils prennent le bateau ; sur le quai il la dissuade d'acheter à un petit vendeur ambulant un bracelet de cuivre qui lui plaît. Ils dorment à l'entrepont, serrés l'un contre l'autre dans la nuit glaciale (les couchettes sont un peu chères). À Santorin, ils louent à la semaine une maisonnette bleue et blanche presque vide où courent des scolopendres. Le professeur propose de faire bourse commune, ce qui facilitera les dépenses courantes – elle met tout son argent dans une sacoche plastifiée qu'il garde à sa ceinture. Chaque soir, après la plage où ils se sont nourris de pain et de tomates parce que les restaurants abusent honteusement des touristes et que d'ailleurs le professeur a quelques kilos à perdre, ils rentrent à pied vers le village avant la fermeture de la poste. C'est un minuscule bureau perché à flanc de montagne, d'où elle s'étonne que, jour après jour, l'opératrice parvienne à joindre à Paris, France, la mère du professeur, qui va couci-couça.

La nuit, certaines nuits, ils font l'amour, elle ferme les yeux sous ce corps vaste et fort, elle soulève le bassin vers ses hanches qu'elle enserre, « plus loin, oui, plus loin », comme s'il pouvait être plus loin – et quand il dort, elle pleure.

Ils sont là depuis presque deux semaines lorsqu'elle demande à téléphoner à sa grand-mère, restée seule chez elle, à Rouen. « D'accord, dit le professeur en fronçant les sourcils, mais pas longtemps », ajoute-t-il en montrant la bourse.

Le soir, elle lui annonce son départ : le bateau passe à vingt et une heures, elle va le prendre. « Je m'en doutais un peu, dit-il : tu es comme maman, tu as besoin de ton confort. » La logeuse frappe à la porte, c'est samedi, elle veut savoir s'ils comptent rester. Le professeur tire précautionneusement les billets de sa sacoche, il paie deux semaines d'avance. Comme elle réclame sa part, il calcule à voix haute de quelle somme elle a besoin jusqu'à l'aéroport d'Athènes – le bateau, le taxi – de toute façon le drachme n'a pas cours à Paris.

Sur le pont du bateau, elle agite la main, le professeur a l'air triste et comme étonné de voir la coque s'éloigner du bord ; il marche à côté, le vent s'est levé et elle entend mal ce qu'il lui crie soudain en accélérant le pas – « Je suis ton amant », croit-elle percevoir, mais ce n'est pas ça, elle le comprend lorsqu'il mime avec les doigts l'ingurgitation d'une denrée quelconque, elle hausse les épaules, désolée, elle a oublié de lui laisser les médicaments.

À Athènes, elle a cinq heures devant elle avant l'embarquement. Elle laisse son sac à la consigne et déambule dans les rues. Elle a vingt ans, elle est le printemps, tous les hommes la hèlent ou la suivent, elle leur sourit comme elle ne le fait jamais à Paris.

De l'aéroport, elle appelle sa grand-mère pour l'avertir de son retour. Avec les quelques drachmes qui lui restent, elle s'achète un bracelet torsadé qu'elle passe aussitôt à son poignet.

Elle attend trois mois avant de rappeler le professeur. Il est absent – un dîner en ville. Quand elle évoque l'objet de son appel, sa mère s'écrie au téléphone : « Ah ! oui, l'argent…, toujours l'argent ! »

Plus tard, elle considère avec une philosophie toute hellénique son voyage dans les îles. Après tout, ce n'est pas si grave : il y a un homme au monde qui lui doit quelque chose.

Les hommes

Lorsqu'elle rencontre un homme qui lui plaît, elle ne se demande jamais – elle ne lui demande jamais – s'il est seul.

Par définition, tous les hommes sont seuls.

Ils ont une mère, une femme, plusieurs parfois, des enfants, des amis, des relations, des projets d'avenir. Ils sont attachés à eux par des liens dont certains sans doute vont se défaire (trop serrés ils rompent, trop lâches ils se dénouent). Elle ne songe pas cependant à les en libérer, elle n'est pas là pour ça, d'ailleurs ce serait tellement au-dessus de ses forces. Elle sait qu'ils sont liés, que ce sont des hommes pris (« Je l'aime, mais il est pris », lit-on dans le courrier du cœur, comme s'il existait, à l'inverse, des hommes *libres*). Donc, ils sont pris, parfois même très pris (« Excuse-moi, ma chérie, je suis très pris », lui dit ce grand médecin parisien dont elle est quelque temps la maîtresse avant de trouver trop froid l'éclairage du scialytique). Souvent, chez les hommes, ce sont précisément ces liens qu'elle aime, c'est ce qui l'intéresse : à quoi tient un homme.

Pourtant, malgré ces nœuds, elle veut pouvoir l'approcher dans un mouvement qui ressemble à celui de la vie – il ne faut pas que le piquet soit trop près ni la corde trop courte (il faut que certains cordons soient déjà coupés). Aux barques fermement arrimées entre elles et à la berge, elle préfère le canot qui danse un peu plus loin sur les vagues, au bout de l'embarcadère. On sait bien qu'il a des amarres, qu'il est à l'ancre, mais ça ne se voit pas, puisqu'il danse.

C'est ce qu'elle aime chez les hommes, ce flottement que rien n'empêche, ces liens qui laissent un espace, une liberté de mouvement.

Par définition, tous les hommes sont pris. Mais chez quelques-uns, il y a du jeu.

Seule avec lui

Moi, ce qui m'intéresse, c'est la différence des sexes. Ce que j'attends de la relation avec un homme (j'attends, oui, on peut dire que le mot est juste – j'attends), c'est qu'elle me rapproche de lui à la fois pour confirmer cette différence et pour l'abolir. Faire l'amour, c'est en même temps être une femme et être comblée d'un homme – je parle de la pénétration, je veux dire : en étant pénétrée, on pénètre aussi le mystère de l'autre, du moins l'espère-t-on. Ce qui est étrange, c'est que le désir naît de cette différence mais qu'il tend tout entier, me semble-t-il, vers sa disparition. Ce qui m'attire chez un homme, c'est que c'est un homme, et ce qui me rend heureuse, après, dans l'amour, c'est que nous sommes les mêmes. Voilà ce que j'attends d'un homme, ce rapprochement jusqu'à la fusion, ce moment, comme dit si justement le cliché, *où les corps se confondent*.

J'ai toujours eu du mal à rester longtemps en tête à tête avec quelqu'un pour qui je n'ai aucun désir et qui n'en a pas pour moi : une femme, par exemple, ou un homosexuel, ou un homme qui ne sort pas de sa fonction, de son rôle social ou professionnel, qui vous parle d'un lieu extérieur à son propre corps et étranger au vôtre. Je n'aime pas ces relations de travail à l'américaine, cette façon soi-disant égalitaire de traiter l'autre en collègue, en camarade, en associé, en frère ou sœur – cette feinte ignorance de l'altérité qui rend tout péniblement uniforme et faussement familier. Je veux être pour l'autre la terre inconnue, celle qu'il rêve non pas de soumettre en conquistador ou de brûler pour toujours mais d'explorer, voilà, au moins de découvrir un peu. J'aime les explorateurs, les hommes curieux des femmes et de cette part d'eux-mêmes qui gît dans l'autre, opaque, obscure et désirable. Vous me direz, vous allez peut-être me dire (mais non, vous ne dites rien) : « Et pourquoi le corps ? Pourquoi le désir, pourquoi le sexe ? »

Mais parce que c'est un moyen de connaissance, et sûrement le meilleur quand il s'agit d'une différence sexuelle, d'abord sexuelle, tout de même ! La Bible dit « connaître » pour « faire l'amour »; tout est dit, voilà : j'aime les hommes qui ont envie de me connaître.

L'ami

L'ami est rare, en soi. C'est plutôt une figure abstraite, une projection imaginaire ou une mythologie adaptée tant bien que mal à la vie ordinaire. L'ami n'existe pas, en fait, c'est un nom commode donné à quelques-uns. Dans la réalité, elle ne croit pas à l'amitié des femmes, et elle n'attend des hommes que de l'amour. Il n'y a donc pas beaucoup de place pour l'ami.

Lorsqu'un condisciple présentait une femme à Stendhal sous le nom d'amie – « une amie » – l'écrivain avait coutume de répondre : « Ah ! bon, déjà ? » Elle est un peu pareille : l'amitié ne lui semble pas un commencement, mais une fin – une fin pas au sens d'un but à atteindre, bien sûr, encore moins d'un aboutissement réussi, non : une fin au sens où c'est fini, où c'est la fin. L'amitié, pour elle, est la fin de l'amour, c'est tout. L'ami a donc été aimé, autrefois, il ne l'est plus, déjà. Il matérialise sombrement le temps qui passe, le temps qui a passé. Quelquefois elle a dit à des hommes, ou des hommes lui ont dit : « Restons amis. »

Formule pléonastique, s'il en fut : qu'est-ce que l'amitié, sinon un reste ?

Aussi n'est-elle pas de celles dont on dira : « Elle a beaucoup d'amis », et elle s'en flatte. Ce serait avouer à travers cette possession illusoire tout ce qu'elle a perdu, tout ce qu'elle n'a plus. L'ami est triste, toujours, c'est une espèce de chagrin d'amour.

Ou bien l'ami est homosexuel. Il l'invite à l'Opéra, elle l'invite au restaurant, ils vont ensemble au musée, au théâtre, ils prennent des cours de tango, ils font les soldes. Quelquefois il l'emmène à la Casa Rosa, « club privé gay » où dansent théâtralement des centaines d'hommes et quelques femmes qui leur ressemblent. Il y a plusieurs salles, plusieurs niveaux, des estrades. Les hommes y sont souvent torse nu, révélant dans la pénombre des corps parfaits, des bras d'or, des épaules, des dos luisants et lisses, des visages tout occupés d'eux-mêmes. Elle souffre comme une bête, elle pourrait crever comme un chien. L'ami disparaît puis revient, la prend par le cou, lui demande si tout va bien. Elle dit oui, elle crie, on ne s'entend pas.

Elle est seule, à la Casa Rosa, seule comme il n'est pas permis, étrangère à en mourir. Il y a du malheur à être femme, soudain.

Le père

C'est particulier, le père – c'est un homme à part, la part d'homme en elle. Quand elle sort du bain, les cheveux plaqués en arrière, la peau nue, sans maquillage, les traits un peu durcis par la lumière des néons, les sourcils broussailleux, l'air sombre, soudain elle l'aperçoit dans le miroir : c'est lui.

Le père est le seul visage d'homme qui soit donné à une femme ; le père est le seul homme qu'il lui soit jamais donné d'être.

Le mari

Le mari a une petite difficulté à devenir le mari – il le lui dit yeux dans les yeux à la Closerie des Lilas, un soir très tard : il n'est pas libre. Il vit tout près de là avec une femme plus âgée que lui, à laquelle il tient. Mais il va rompre, il veut l'épouser, elle ; elle, il l'adore.

Ils se connaissent depuis trois jours. Elle lui répond qu'elle non plus elle n'est pas libre : il s'appelle Amal, il est parti vivre à New York où elle devait le rejoindre, mais elle n'ira pas désormais, c'est fini.

Ils se présentent : elle fait de la danse, elle essaie d'écrire, elle aime Guillaume Apollinaire ; il a été nageur de compétition, il compose des poèmes dont personne ne veut, il aime Yeats, T. S. Eliot, Shakespeare, le théâtre, il déteste l'époque et roule en XK 120 blanche, un jour il l'emmènera, elle comprendra. Ce soir-là, à la Closerie des Lilas, ils vont s'émerveillant de leurs ressemblances. La nuit, chez elle, un immense orage éclate à l'instant où ils s'embrassent – nuits électriques, peaux magnétiques. Les dieux sont jaloux.

Ils se marient. Il enseigne l'anglais à Rouen, elle est bibliothécaire à Vernon, ils habitent Paris. Ils se retrouvent dans le train presque chaque jour – c'est la même ligne –, épuisés, épris, ils font l'amour, ils n'arrêtent pas.

Un vendredi, il la prévient qu'il ne rentrera pas, qu'il doit raccompagner au Havre des collègues britanniques. « Tu vas me manquer », dit-elle – comme on manque un train.

Elle est assise dans la Frégate, elle lit *Le Monde*. Et tout d'un coup, alors qu'on a passé depuis longtemps déjà les HLM de Mantes-la-Jolie – il reste à peine dix minutes de trajet, les voyageurs déjà s'amassent aux portières –, elle ramasse brusquement ses affaires et remonte la rame à contre-courant, ouvre la porte-soufflet, franchit un nouveau wagon, puis un autre, puis encore un autre – « eh frangine, la sortie c'est dans ton dos », lui lance un routard affalé en travers du passage, elle l'enjambe, elle continue, elle veut avoir parcouru tout le train avant l'arrivée, avant la mêlée de la descente, elle veut être sûre de se tromper.

Les wagons de queue sont presque vide, un simple coup d'œil la rassure, il n'y a personne.

Elle ouvre la portière du dernier sas, elle passe. Par la vitre du fond, on voit les rails, la route, les arbres qui s'enfuient. Et juste à côté, seul, regardant le paysage, il est là, c'est lui.

Elle s'avance dans le couloir (le gifler, lui arracher la moitié des cheveux, se jeter dans le vide), l'ombre de sa silhouette lui fait lever les yeux, il sourit comme fier d'elle, bien joué darling – le mari est très fair-play, très sport. Parvenue à sa hauteur, elle lui envoie son cartable à toute volée dans la figure, perdu mon amour, prends ça dans le nose, honey, never give all the heart, my tailor is rich and my wife is crazy. Puis elle s'évanouit, son of a bitch.

Amal

Amal est Marocain, il a une barbe noire bouclée et un type sémite prononcé qui lui donnent l'air d'un partisan de Khomeiny, ce qui n'est pas le cas, mais alors pas du tout… Quand elle le rencontre, la première fois, au Palace, il a les yeux vagues des fumeurs de haschich, mais dans ce lieu où chacun semble ne danser que pour lui-même et où elle se sent invisible, elle lui est reconnaissante de ne pas la quitter du regard. Pourtant, lorsque, au vestiaire où elle reprend son manteau, il lui demande son numéro de téléphone, elle ne le lui donne, se dit-elle, que parce qu'il va évidemment l'oublier.

Il l'appelle le lendemain, il a deux places pour *Don Giovanni*, veut-elle l'accompagner ?

Puis il a deux places pour *Le Chevalier à la rose*. Puis elle voit avec lui cette mise en scène de *Bérénice* qui la met hors d'elle, où Titus dort et ronfle pendant l'aveu sublime « J'aimais, Seigneur, j'aimais, je voulais être aimée ». Puis elle pleure au concert de Léo Nucci, à la mort du Marquis de Posa. Puis il l'invite au restaurant, lui offre des disques de Miles Davis, l'emmène revoir tous les films de Charlot, lui fait écouter Ravi Shankar, Dire Straits, Marianne Faithfull, Gérard Grisey.

Il termine un doctorat d'économie internationale, elle prépare le concours de documentaliste, elle n'a pas beaucoup de temps. Lui, si – il a tout son temps, semble-t-il.

Il lui fait la cour.

Un soir – elle n'en peut plus, elle ne sait pas quoi penser –, elle l'invite à monter chez elle. Ils boivent du thé au jasmin, elle allongée sur son lit dans l'unique pièce, lui assis au bureau où s'entassent tous les livres qu'elle devrait lire au lieu de laisser le temps s'envoler. La conversation dure des heures et quand à la fin elle se lève pour qu'il parte, il se lève aussitôt, reprend sa veste sur le dossier de la chaise. Le couloir du studio est minuscule, si bien que pour ouvrir la porte elle est obligée de s'effacer contre lui qui la suit. Elle sent alors au creux de son dos sa verge dure, dressée sous l'étoffe. Il ne fait pas un mouvement quand elle se retourne brusquement, comme brûlée, et l'interroge des yeux – il baisse seulement ses paupières presque mauves, dérobant un instant son regard noir à l'éclat minéral de la question, puis dit très bas, elle l'entend à peine : oui.

Amal, en arabe, signifie « l'espoir ». C'est un prénom de fille, mais aucun n'irait mieux à sa douceur orientale, à sa peau brune, délicate, à ses longs cils. lorsqu'elle cherche à l'irriter, à le blesser – très vite, car sa tranquille tendresse la sidère –, il lui écrit. Sa lettre n'est composée que de citations de Lao-tseu et de la philosophie zen :

« Assis paisiblement sans rien faire, le printemps vient et l'herbe croît d'elle-même. »

« Celui qui agit va à l'échec. Tout échappe à celui qui accapare. Le Sage se garde d'agir et n'échoue pas. »

« Laisse passer la proie et l'ombre – assieds-toi. »

« Le Taô parfait n'offre pas de difficulté, sauf qu'il évite de choisir. »

Le hasard veut qu'elle habite, cette année-là, juste en face de Roland Barthes, qu'elle vénère et dont elle connaît par cœur *Fragments d'un discours amoureux* (elle a rompu avec un ami le jour où il a traité R. B. de Roi des Branquignols). Elle sait bien, à le regarder rentrer chez lui, fatigué, douloureux, elle sait bien, cachée derrière son rideau, que le Non-Vouloir-Saisir est un leurre, un idéal inaccessible ou une ruse trop forte pour eux, pour les gens comme eux. Amal s'offre à elle dans cette force qui la subjugue et la lasse. Il est l'homme parfait, la perfection faite homme. Mais elle, elle veut choisir, justement, choisir et être choisie d'un même geste, dans le même temps. Elle veut saisir la proie sans renoncer à l'ombre, attraper l'ombre sans lâcher la proie, aimer, seigneur, et être aimée sans vous voir si paisible.

Il part à New York. Elle doit l'y rejoindre dès qu'elle aura passé le TOEFL. Ils vont vivre ensemble, découvrir le monde, être libres ensemble dans la vie brillante qu'il lui promet. « Est-ce que j'aurai le temps d'écrire ? », demande-t-elle.

Quand elle lui annonce, quelques semaines après son départ, qu'elle a donné sa main à un autre, il lui répond qu'elle a eu tort mais qu'il lui en reste une, heureusement, et qu'il aimerait en sentir à nouveau la caresse. Elle lui sait gré de la jalousie retenue qui flotte, malgré tout, sur sa lettre posée, elle lui sait gré de ne pas y arriver non plus, de regretter cette liberté qu'il lui a laissée et dont elle a usé pour s'attacher ailleurs.

Des années plus tard, séjournant au Maroc, elle va voir son père, qui tient un commerce dans la vieille ville. Il est très âgé, mais il reconnaît la grande blonde que lui avait présentée son seul fils, autrefois, et à qui il offrait des chemises d'homme, des foulards d'homme, tout le magasin si elle voulait. Il sert le thé, lui demande des nouvelles de la famille, si elle a des enfants, combien. Elle tremble en lui retournant ses questions – et Amal ?

Amal vit toujours à New York, il est marié à une Brésilienne, ils n'ont pas d'enfants, pas encore, il dirige une grande maison d'édition là-bas, « oui, c'est un gros monsieur, maintenant », dit son père (il y a contre elle, dans sa voix, comme un accent de revanche), « un gros gros monsieur ». « Seulement au sens figuré, je pense ? », réplique-t-elle – elle se rappelle son corps mince, adepte des arts martiaux, champion de l'esquive, sa douceur – « gros, seulement au sens figuré ? », mais il semble ne pas comprendre et répète fièrement « oui, un gros gros monsieur ». Elle est assise paisiblement, son verre de thé à la main – l'hiver arrive et l'herbe meurt.

Seule avec lui

Pourquoi je ne parle jamais de ma mère... Ah ! vous avez remarqué...

Mais parce que ma mère, c'est moi. Je suis dedans, vous comprenez, j'ai toujours été dedans. Je sais tout d'elle, je la comprends de l'intérieur, qu'est-ce que vous voulez que je vous dise ? Une fille est toujours à l'intérieur d'une femme.

Tandis que le père, c'est différent – l'homme. Il est à côté, je suis à côté, il y a une distance, une différence, un espace entre nous, infranchissable, c'est pourquoi j'en parle, pour combler, pour me rapprocher. Infranchissable, il paraît : un abîme. J'en parle pour le mesurer, pour y tomber peut-être.

Vous êtes dans le rôle du père, je sais : vous vous taisez, et quand vous prononcez une phrase, je m'en souviens. Vous êtes dans le rôle du père, différent, indifférent, comment savoir ?

Mais je ne suis pas votre fille.

Non. Aucune envie.

Moi, ce que je veux, c'est qu'on m'épouse. Que la forme de l'autre, son corps, son sexe, toute sa personne, se moule au plus près sur moi, autant que possible, autant que faire se peut, que faire l'amour se peut.

« Se marier » n'a pas de sens, c'est bête. Se marier comme on marie des couleurs : s'apparier, aller ensemble. Être en accord, s'accorder. Se marier, c'est être deux.

Non, moi je veux être épousée – je veux être dedans, je veux qu'on soit dedans (faire du rentre-dedans, tiens, l'expression me revient, elle est juste. Avec mon mari, j'ai fait du rentre-dedans – tout de suite collée à lui pour qu'il m'épouse).

L'homme en moi. Avoir l'homme en moi. Être dans l'homme. Qu'on ne voie plus la limite ; qu'il n'y ait plus de limites.

Je voudrais qu'on m'épouse. Parfaitement. Qu'on m'épouse parfaitement.

Le mari

Il devait rentrer à minuit, il est plus d'une heure du matin. Elle pousse le gros verrou intérieur, celui pour lequel il n'a pas de clef, et lui écrit en sanglotant une lettre de rupture bien tournée, inspirée de Laclos et de Barbey d'Aurevilly – assez des vieilles maîtresses et des fidélités intempestives, elle ne veut pas partager l'empire, elle, elle l'aime, elle veut tout, tout tout de suite ou rien, elle préfère rien à presque tout. Il trouvera le message sur le palier quand il reviendra, s'il revient – mais elle ne doute pas qu'il va revenir, et il va regretter sa soirée, elle en est sûre aussi.

Il revient en effet, il est deux heures dix, il monte à pas de loup l'escalier de l'immeuble XVIIe siècle où ils se sont installés depuis leur mariage, trois mois plus tôt – il paraît que d'Artagnan a vécu là, mais ce détail biographique, pour autant qu'il soit vrai, commence à lui peser sérieusement (à partir de maintenant, c'est chacun pour soi). Elle l'entend avec satisfaction déplier le message, puis essayer d'ouvrir avec toutes les clefs de son trousseau, puis frapper très doucement à la porte, gratter, pousser, grommeler, murmurer, implorer – son cœur à proportion s'allège de sa rancœur mauvaise, mais elle tient bon cette fois, le laisse encore un peu s'évertuer en souvenir du coup de la Frégate. Soudain un choc violent ébranle la porte d'entrée derrière laquelle elle guettait, suivi d'un autre, puis d'un autre encore – on voit déjà le jour entrer par le chambranle distordu, la poignée éclate avec la serrure, elle repousse le verrou au moment où le mari entre tout d'une masse dans l'appartement comme dans un film policier. Elle se jette sur lui sans un mot, lui arrache ses clefs et, faute de pouvoir le repousser sur le palier, au-delà du paillasson où il s'arc-boute, le bourre de coups de poings à l'aveuglette tandis qu'il tente de lui attraper les avant-bras. Elle frappe où elle peut, les yeux fermés, la minuterie s'est éteinte, elle ne voit plus rien, un liquide visqueux coule sur ses mains, du sang, c'est du sang, elle a dû l'atteindre avec une des clefs, il est blessé, il va mourir, voilà, c'est fini, c'est bien fait, c'est tant pis pour lui.

Elle est dans la salle de bain, il est assis sur la baignoire, elle lui panse précautionneusement l'épaule avec un morceau d'Urgo – la clef était un peu rouillée, pourvu qu'il n'attrape pas le tétanos. Il lui prend les mains, l'attire vers lui, elle sent l'odeur de sa transpiration, elle ferme les yeux – il y avait une vache sur la voie, le train est resté bloqué plusieurs heures et impossible de la prévenir… Comment ? oui oui, la vache est morte.

Le mari

Le mari est né à Étretat. C'est là qu'il l'emmène dès qu'ils ont un jour libre, quelques heures, là qu'ils reviennent, rentrant des contrées lointaines où ils s'exilent bientôt. Le lieu lui va comme la moustache à Georges Descrières : le mari, d'ailleurs, est un mélange de gentleman cambrioleur et de canotier athlétique, il navigue, selon l'humeur, entre Arsène Lupin et Guy de Maupassant, le monocle et la marinière, l'humour british et le coup de sang normand, l'Aiguille creuse et le creux de la vague. C'est ce qui lui plaît d'abord : bien qu'il la ramène obstinément au lieu de sa naissance, en ce point minuscule, sur ce galet dérisoire et poli, elle ne le situe pas.

Le mari aime les femmes. Il se demande toujours comment elles sont, nues. Il y rêve.

Elle, il l'aime, elle est sa femme, son épouse, son épousée, il s'efforce de lui être fidèle ainsi qu'il l'a promis, il trouve ce courage en lui pour l'amour d'elle.

Quel sacrifice il lui fait ! Une hécatombe ! N'est-elle pas sa déesse ?

Le mari pratique assidûment différents sports. Il a une constance d'ascète. Il aime la souplesse, la précision, la force. Il court, il bondit, il saute, il plie les genoux, détend les bras, jaillit. Le corps se donne, il est comme dans un élan perpétuel, une course contre la montre et la mort.

Le mari s'habille avec goût. Souvent, elle lui trouve l'allure de ces acteurs faussement nonchalants qui montent les marches au Festival de Cannes, offrant au monde l'image d'un bonheur sans ombre. « Gatsby, lui dit-elle parfois, Great Gatsby. »

Le mari collectionne les voitures anciennes, un rêve de liberté, de luxe et de vitesse. Il assure ne s'en être jamais servi à fins de drague, que ce serait trop simple, qu'il veut rester pour les femmes le seul objet du désir, même si elles ne sont pas le seul pour lui. En privé, il s'amuse à les comparer : telle est lente à chauffer, mais ensuite une vraie bombe, telle autre ronronne de plaisir, et celle-ci ne tient pas ses promesses, et celle-là pose un sérieux problème d'allumage.

Le mari aime le théâtre – organiser l'espace, créer des illusions, être le maître d'un monde irréel et vrai. Il bouge, il crée, il échappe. On ne le situe pas.

C'est un homme qui joue – un enfant qui joue côté jardin, un corps qui joue dans la lumière. *Il vaut mieux jouer sa vie que la vivre*, telle serait sa devise. *Encore que la jouer, ce soit encore la vivre*.

L'écrivain

Elle a lu tous ses livres, elle le connaît par ses livres. C'est un homme dont on dit – et qui dit lui-même – qu'« il aime les femmes » : formule magique sur quoi se reposer un moment (c'est toujours agréable, pour une femme, de lire un écrivain qui l'aime, en lisant elle a le sentiment qu'il pense à elle). Elle le désire, elle aimerait le rencontrer ; quand elle le lit elle a terriblement envie de lui, il devient son propre personnage, il existe, il vit, les pages ni l'encre n'empêchent rien. Bien sûr elle s'étonne que des mots puissent donner envie de faire l'amour, mais c'est ainsi : elle pleure quand Jean Valjean étale sur son lit les petits vêtements de Cosette, elle rit quand le lecteur du Dictionnaire médical a toutes les maladies sauf la hydarthrose de la femme de chambre, et quand l'écrivain regarde passer les femmes dans la rue, elle a envie de lui. Que les mots suscitent des émotions violentes, des sentiments comme la tendresse et la pitié, c'est déjà beaucoup ; mais qu'ils touchent ainsi le corps, le fond du ventre, qu'ils nous amènent à sangloter, à rire, à désirer, il faut le vivre pour le croire.

Seule avec lui

Martin Eden parce qu'il se tue, Frédéric Moreau parce qu'il n'ose pas, Gatsby parce qu'il est seul, Amalric parce qu'il compte sur la douceur de ses mains, le marin de Gibraltar parce qu'il donne un nom d'île au désir, Mesa parce qu'il endure l'amour, Tadzio parce qu'il se laisse regarder, Aschenbach parce qu'il en meurt, Julien Sorel parce qu'il se fixe une heure pour agir, l'amant de Lady Chatterley parce qu'elle jouit avec lui, Gilliatt parce qu'il se tait, Roméo parce qu'il aime à en mourir, Félix de Vandenesse parce qu'il ne se maîtrise pas, Antiochus parce qu'il avoue (Je me suis tu cinq ans, Madame, et vais encor me taire plus longtemps), Fabrice parce qu'il renonce au monde, le père Goriot parce qu'il adore ses filles, Vronsky parce qu'Anna se tue pour lui, Des Grieux parce qu'il va au bout du monde, Marcel parce qu'il est jaloux, Adolphe parce qu'il reste, le colonel Chabert parce qu'il disparaît, Don Juan parce qu'on a envie d'être sur la liste, Aurélien parce que

Bérénice lui écrit : « Rien ne me distrait de vous », Valmont parce qu'il tombe amoureux, M. de Nemours parce qu'il accepte, Lancelot parce qu'il est beau, Solal parce qu'il sait bien que c'est impossible.

Seule avec lui

Qu'est-ce qui s'est passé, qu'est-ce qui a passé – est-ce le temps, simplement, le temps pesant sur l'éclat du désir, recouvrant tout d'une couche de calcaire ou de rouille, grippant le ressort de l'amour ?

Je ne sais pas.

Pourquoi est-ce impossible ?

Je ne sais pas.

Nous sommes partis en Afrique. C'était une ville moite, au bord de l'océan, l'une de ces grandes villes où l'on se sent seul parmi la multitude. Mais le lycée français était agréable, il faisait beau, on était heureux – je ne vois pas quoi ajouter : des années de vacances en amoureux, si vous voulez – les gens heureux n'ont pas d'histoire. On allait à la piscine après les cours, une immense piscine d'eau de mer d'où l'on entendait les hauts rouleaux de l'océan – mon mari en a fait, des kilomètres en crawl, le tour de la terre peut-être. Le soir, on écumait les cinémas de tous les quartiers, on a vu avec ravissement, main dans la main, des navets inimaginables ! Les jours libres, on lisait des polars, parfois plus d'une quinzaine par semaine, en mangeant des tartes aux fraises, les meilleures que j'aie jamais mangées.

Il m'aimait, j'en suis sûre – il serait mort pour moi, je le sais. C'était le genre d'homme qui peut mourir par amour.

De mon côté, j'avais toujours peur qu'il meure. Une fois, je me souviens, il avait deux heures de retard, je m'étais assise sur les marches devant chez nous, et tout en guettant le bruit de sa voiture, j'essayais de m'habituer à l'idée qu'on allait venir m'avertir, que quelqu'un allait arriver pour me prévenir de la fin (il n'y avait pas le téléphone, dans les maisons, là-bas) – à ce moment, un taxi s'est arrêté, j'ai reconnu le moteur diesel des vieilles Dauphine bleues, le chauffeur a sonné, j'ai ouvert : « La police m'envoie vous chercher, madame... », j'ai dit : « Oui, je sais, je viens » ; quand le taxi m'a déposée, j'ai vu le cadavre en pleine forme qui parlementait avec un motard conciliant – tout le monde m'attendait afin que je paye le bakchich. Mais finalement on n'a rien payé, mon mari a embobiné tout le monde, il a même cité Shakespeare devant la gendarmerie en extase, qui lui a rendu son permis en oubliant les 145 km/heure chronométrés sur la corniche.

J'adorais ce miracle, chez lui : il jouait sa vie. Il était dans l'existence comme dans un film qu'on tournerait au fur et à mesure, en improvisant : le cinéma permanent. Nageant, il était Johnny Weissmuller ; pilotant ses automobiles, Errol Flynn ; embrassant avec fougue, Rhett Butler ; triste, Gary Cooper dans *L'Adieu aux armes*. J'ai ri comme personne avec lui, aussi, il était les quatre frères Marx à lui seul, prenait tous les accents, tous les déguisements, tous les visages.

Je ne sais pas pourquoi je parle au passé comme s'il était mort. Parce que c'est fini, sans doute, parce qu'il ne me fait plus rire.

Il n'y avait pas d'homme plus vivant que lui – un homme vivant, vibrant… que dis-je : un homme ! des hommes, tous les hommes : j'avais épousé tous les hommes – tous les hommes de la vie.

Ça a duré longtemps, pourtant, très longtemps, si j'y réfléchis : probablement parce que nous avons fait du théâtre ; il a pu continuer à jouer, à diriger le jeu. On l'admirait, on l'écoutait ; et puis nous formions ce qu'il est convenu d'appeler « un beau couple ». « C'est un beau couple », disait l'entourage.

Nous nous aimions, je pense – nous nous aimions l'un dans l'autre, dans le miroir que nous tendait la beauté, dans le kaléidoscope où jouaient les paillettes d'une existence multiple.

Mais parfois, quelquefois, je le voyais autrement, je suis bien obligée de l'admettre. J'ai retrouvé une page écrite ces années-là, quand j'ai entrepris un premier roman (resté dans un tiroir). J'ai été surprise, en la relisant, parce que j'aurais pu l'écrire hier alors qu'elle a plus de dix ans. Je l'ai remaniée, il y avait quelques détails historiques à changer – c'était une autre époque, en un sens. Elle se termine par ces mots dont le froid fait geler l'espoir : « C'est un homme mort. »

Vous voyez, parfois je me demande, je me dis : ce n'est pas l'amour qui meurt, c'est l'homme.

Le mari

Le mari n'est pas de son temps. Il garde dans son portefeuille une photographie de son père prise dans les années cinquante, où l'on voit un homme élégant, jambes croisées, un bras reposant nonchalamment sur l'accoudoir d'un fauteuil club qui semble appartenir au salon d'un transatlantique. Il porte une veste à chevrons et des chaussures de cuir brillantes. Il est contremaître sur les docks, mais qui le croirait ?

Le mari s'est arrêté là, à cette époque où sans doute il vient à peine de naître et où son père a cette prestance qu'il perdra bientôt, devenant vieux, malade, obèse. Le mari s'est fixé là, sur cette image figée qui lui donne depuis toujours, au cœur même du mouvement, la pose à tenir, la conduite à suivre. Il aime le tweed, les cigarettes anglaises, le jazz, les chaussures de luxe, Ella Fitzgerald, Miles Davis, Great Gatsby, le thé, Gary Cooper, Ava Gardner, le tennis, les paquebots, les vieilles Rolex, le crawl, et surtout, passionnément, il aime les voitures qui roulaient dans les rues ces années-là, toutes, surtout les plus belles, les Triumph, les Aston Martin, les Jaguar, il aime ces automobiles merveilleuses que son père ne pouvait pas s'offrir.

Le mari n'est pas de son temps, il est du temps de son père. L'avenir a bien réussi quelques percées dans ce cliché en noir et blanc – il aime aussi les Beatles, les films de Fellini, les romans de Philip Roth et les femmes libérées. Mais à un moment le temps se condense et fait bouchon, tout s'arrête, et n'est plus éclairée que cette scène ancienne où se joue le passé : il déteste le rap, les hamburgers, les tags, le piercing, la vulgarité, les autoroutes, les baskets, la pub, les côtes bétonnées, les femmes qui fument dans la rue, les drogués, les sciences de l'éducation, les Mercedes, la techno, les T-shirts, les stock-options, Virginie Despentes, Disneyland, les techniques de communication, les jeux télévisés, la télévision, la connerie des gens, et surtout, par-dessus tout, il déteste ce qu'est devenue la langue – « non, dit-il sans cesse aux filles, on ne dit pas : “c'est trop cool”, “c'est top”, “ça le fait”, on ne le dit pas, c'est tout » –, la façon dont on parle pour ne rien dire cette langue qui n'est plus une parole, cette langue sans parole.

Elle le comprend, elle admet sa nostalgie. Mais d'autres fois, les années passant, elle n'en peut plus (elle met Cheb Khaled plein tube), et lorsque le mari, pris de tristesse, s'abîme dans la photographie de son père encore jeune et beau, assis jambes croisées dans un fauteuil bridge, elle a cette pensée fugace qui les confond : « C'est un homme mort. »

L'acteur

Au bout de quelque temps, ils s'ennuient, en Afrique. Elle commence un roman, son mari fait du théâtre. Il met en scène comme il vit, reliant mots et images, gestes et pages. Il monte une troupe, reste des nuits entières dans l'embrase des rideaux rouges. C'est le lieu où il excelle, d'où jaillit une vérité qu'elle admire. Le soir, quand elle n'écrit pas, elle joue à lui obéir, corps et âme.

Les comédiens vont et viennent au gré des saisons, des voyages et des amitiés. Un seul demeure, des années durant, fixé à la scène par l'ennui qui l'assaille dès qu'il en sort et qu'il trompe, les jours de relâche, dans l'ivresse et les aventures les plus sombres. L'acteur est le double obscur du mari, dirait-on, sa part maudite. Théâtre, alcools, bordels et drogues : il ne supporte que les paradis – ceux de l'art et des artifices, dont l'enfer est si proche, troué de flammes claires.

Elle joue avec lui, il devient l'acteur fétiche, le premier rôle, l'ami intime, ils jouent ensemble. Il est à genoux devant elle :

– Ah ma chère Lisette, que viens-je d'entendre ? Tes paroles ont un feu qui me pénètre ; je t'adore, je te respecte. Il n'est ni rang, ni naissance, ni fortune qui ne disparaisse devant une âme comme la tienne… et mon cœur et ma main t'appartiennent.

– En vérité, ne mériteriez-vous pas que je les prisse ? ne faut-il pas être bien généreuse pour vous dissimuler le plaisir qu'ils me font ? et croyez-vous que cela puisse durer ?

– Vous m'aimez donc ?

– Non, non : mais si vous me le demandez encore, tant pis pour vous.

Il lui tourne le dos, elle voit son corps frémir, sa main se crisper sur le bastingage en carton.

– Je sais que vous ne m'aimez pas.

– Mais voilà, voilà ce qui m'a surprise ! Voilà ce que j'ai appris tout à coup : je suis celle que vous auriez aimée.

Il se retourne, elle ne lui a jamais vu ce visage :

– Laissez-moi donc vous regarder. Comme cela est amer, de vous voir ainsi avec moi. Pourquoi est-ce maintenant que je vous rencontre ? Il est dur de garder tout son cœur. Il est dur de ne pas être aimé. Il est dur d'attendre, et d'endurer, et d'attendre, d'attendre toujours, et encore, et me voici à cette heure de midi où l'on voit tellement ce qui est tout près que l'on ne voit plus rien d'autre.

Le mari les dirige, ils sont inséparables. Les pièces sont choisies chaque année selon les rôles qu'ils y tiendront. Le soir, ils vont dans les bars des grands hôtels, eux le taupé sur l'œil, portant monocle, fume-cigarette ou chaussures bicolores, elle entre eux, moulée dans une jupe de cuir noir, le visage masqué d'une voilette. L'acteur prend de la cocaïne, le mari un whisky pur malt, elle un jus de fruits. Des bruits courent sur leur compte depuis qu'on les a vus sur scène danser le tango ensemble, torse nu (« Le tango se danse entre hommes », rappelle l'acteur), on les surnomme « le Triangle des Bermudes ». Quand ils sont ensemble, les lumières du théâtre où ils jouent ne s'éteignent jamais, ils refont le monde entre cour et jardin. – Il faudrait monter *Othello*, dit le mari, je suis sûr que tu ferais un Iago parfait. – Oui, répond-il, j'ai l'âme d'un traître. Et ils rient.

Puis l'acteur quitte le pays, les quitte. Il rentre en France rejoindre une famille oubliée, une femme, des enfants. Il leur manque. Lorsqu'elle pense à lui, pourtant, tout lui semble confus, irréel, elle est traversée d'impressions indécises, comme si elle se rappelait un spectacle vu autrefois, elle n'arrive pas à démêler ce qu'elle éprouvait pour lui dans son cœur, ce qu'elle éprouve à son souvenir – et lui pour elle, pour eux –, elle distingue mal le passé, elle a devant les yeux ce brouillard épais qui aveugle un moment, en coulisses, quand soudain l'on n'est plus dans la lumière des rampes.

L'inconnu

L'inconnu est devant un cinéma, il attend que le guichet ouvre. C'est la séance de midi, il y a très peu de monde. Il la regarde. Elle se laisse regarder.

Dans la salle, elle se met comme d'habitude, très près de l'écran. Lui, non. Elle l'oublie si complètement qu'à peine les lumières rallumées elle sort par la sortie de secours.

Plus tard, elle attend le 21 à cent mètres de là. Il marche sur le boulevard, quand il l'aperçoit il s'arrête, il vient vers elle non pas franchement, mais par degrés, en marquant des pauses, on dirait un rituel animal, une parade – on frôle le ridicule. Finalement, il est à côté d'elle, « vous avez aimé le... », commence-t-il. « Écoutez, lui dit-elle, je ne suis à Paris que pour deux jours, alors qu'est-ce que ça peut être d'autre qu'une brève rencontre ? »

Il prend le bus avec elle, elle voit qu'il a de longues mains fines, une alliance (il se dit la même chose, peut-être). Ils descendent en même temps, elle va à

Beaubourg, il aimerait la revoir. « Ce soir, dit-elle, au Cluny. »

Il arrive à l'heure mais, explique-t-il, il ne peut pas rester : sa femme est enceinte et s'est mise à pleurer au moment où il partait. Il n'est venu que par politesse, pour qu'elle n'attende pas. Il s'excuse. « Vous êtes tout excusé », répond-elle.

Il la laisse devant son hôtel, il se hâte vers une bouche de métro. Elle monte dans sa chambre, elle s'assied sur le lit, et elle pleure, elle pleure les bras croisés sur le ventre, la tête penchée sur les genoux, elle pleure longtemps. La lumière de l'unique fenêtre fait comme un trou dans l'ombre.

Le lendemain soir, elle descend pour aller dîner, il est en bas. Il la fait remonter dans l'ascenseur, il pose les mains sur elle, il tremble, elle ferme les yeux.

Sa bouche, sa peau, sa langue, ses mains, ses doigts, ses cheveux, ses bras, ses jambes, ses fesses, son dos, ses lèvres, ses yeux, son sexe, elle connaît tout, elle connaît tout de son sexe, sauf son nom – le nom de cet homme, elle l'ignore, il reste inconnu.

Le film qu'ils ont vu ensemble, c'est *Brève rencontre*, David Lean, 1946. Il ne se passe rien, dans le film. C'est comme un rêve dont il faudrait revenir en le taisant.

Elle ne parle à personne de l'inconnu. Elle le garde pour elle.

Seule avec lui

Je ne dis rien pour que vous disiez oui, voilà, c'est tout, je fais silence pour vous entendre, vous ne dites rien, sinon, et j'ai envie que vous parliez, que votre voix me rejoigne, que votre voix me touche. J'attends que vous disiez oui comme la dernière fois quand j'ai cessé de parler, au bout d'une ou deux minutes vous avez dit oui d'une voix merveilleuse, *oui*, je ne sais pas le redire mais je me le rappelle, oui comme un homme qui aime une femme, oui comme si vous veniez me chercher là où je suis, si loin que je sois vous venez, c'est ça que je veux, que vous le disiez et redisiez jusqu'à ce que je le croie, jusqu'à ce que ce qu'il ouvre en moi reste ouvert, oui, quand vous dites oui comme ça, on dirait de l'amour, je sais, je devrais me taire, je brûle mes vaisseaux, je sais, vous n'allez pas obéir, je m'en doute, au contraire, vous allez faire bien attention de ne plus le dire, je sais, vous allez me laisser dans le silence, dans le chagrin, dans la mort, alors que, oui, vous pourriez le dire encore, simplement oui.

L'amant

L'amant travaille avec elle, c'est comme ça qu'ils se rencontrent. Elle est documentaliste au lycée où son mari enseigne l'anglais, l'amant l'allemand.

C'est à l'étranger, dans un pays arabe où il n'est pas possible de regarder les hommes, de leur parler ; où toute relation a aussitôt le poids accablant de l'air, sa touffeur ; c'est dans un pays où les femmes ne respirent pas.

Elle n'a jamais appris l'allemand à l'école, elle n'a jamais voulu, à cause du bruit des bottes. Elle est née bien plus tard, mais ça ne change rien, c'est la langue de l'ennemi. Depuis, elle a lu Goethe, Hölderlin, Hofmannsthal, elle sait à quel point c'est beau, même traduit – beau, mais étranger, terriblement : une langue difficile, adversaire. Une langue étrangère.

L'amant, bien que Français, incarne cette langue qu'elle ne comprend pas. Il devient à lui seul ce langage hermétique : beau, mais étranger. Au CDI elle l'écoute converser avec le lecteur venu de Stuttgart, elle l'entend rire, plaisanter, expliquer en allemand, tous ses sens sont tendus vers ce mystère, cet homme. Elle n'y comprend rien.

Autour d'elle, on parle arabe, dans les rues. Elle-même connaît plus de mots en arabe qu'en allemand, mais rien qui vaille la peine qu'on le dise : le désir est comme étouffé dans l'œuf, il n'éclôt que dans les chansons, dans la voix d'Oum Kalsoum ou du raï – sinon c'est mort, ou presque : une langue de bois brut, une langue brutale.

Elle a envie d'apprendre l'allemand, de conquérir l'amant.

Un jour, elle lui écrit – en français, bien sûr. Elle écrit ces mots sur une feuille simple : « Je voudrais te parler. »

L'amant

Est-ce qu'il va appeler? À quelle heure? Est-ce qu'on pourra se voir? Quand? Combien de temps? Où? Dans quel hôtel? Est-ce qu'il aime sa femme? Est-ce qu'il lui fait l'amour? Est-ce qu'il m'aime? Est-ce que cette robe me va? Est-ce que ça va lui plaire? Est-ce qu'il préfère les blondes? Est-ce que je suis trop grosse? Est-ce qu'il me trouve belle? Plus belle que sa femme? Plus intelligente? Meilleure amante? Est-ce qu'ils font comme nous quand ils font l'amour (s'ils font l'amour)? Est-ce qu'il lui dit les mêmes choses? Est-ce qu'il l'aime? Est-ce qu'il l'aime plus que moi? Est-ce qu'il m'aime?

Est-ce qu'il va quitter sa femme? Est-ce que je vais quitter mon mari? Est-ce que je devrais? Est-ce que ce ne serait pas une erreur? Est-ce qu'il est jaloux de mon mari? Est-ce que je ne devrais pas le rendre jaloux, le rendre fou de jalousie, le pousser à bout? Est-ce que sa femme se doute de quelque chose? Est-ce qu'il a peur qu'elle le sache? Est-ce qu'il a peur que mon mari l'apprenne ? Est-ce qu'il a peur ? Est-ce qu'il est lâche ? Est-ce que tous les hommes sont lâches ? Est-ce que tous les hommes sont des salauds ? Est-ce que c'est seulement pour la baise ? Est-ce que je devrais rompre ?

Quelle heure est-il ? Est-ce qu'il a eu un empêchement ? Est-ce qu'il a eu un accident ? Est-ce qu'il viendra ? Est-ce que c'est fini ? Est-ce que ça signifie que c'est fini ? Est-ce qu'il finit à cinq heures le mardi ? Est-ce que c'est sa voiture, là, devant le portail ? Est-ce qu'il sera au spectacle avec sa femme ? Est-ce que je pourrai lui parler ? Est-ce qu'on aura cinq minutes à nous ? Est-ce que les autres se doutent de quelque chose ? Est-ce qu'il me ment ? Est-ce qu'il en a assez de moi ? Est-ce qu'il a eu d'autres aventures avant moi ? Combien ? Est-ce qu'il a été amoureux ? Très ? Quand ? Est-ce qu'il y a longtemps ? Est-ce qu'il y pense encore ? Est-ce que notre histoire va durer ? Est-ce qu'il pense à moi ? Est-ce que je lui manque ? Est-ce qu'il sait que je l'aime ? Est-ce que j'ai tort de le lui montrer, de le lui dire ? Est-ce que je ne devrais pas être plus distante, plus secrète ? Est-ce qu'il sait que j'attends qu'il appelle ? Est-ce qu'il va appeler ? Quand ? À quelle heure ? Pourquoi n'appelle-t-il pas ? Qu'est-ce que je vais lui dire, s'il appelle ? Est-ce que je ne devrais pas me contenter de banalités, éviter les questions, les signes d'anxiété ? Est-ce qu'il m'aime ? Est-ce qu'il m'aime vraiment ?

Seule avec lui

J'aime quand vous dites : « Nous allons en rester là. » C'est drôle parce que ça veut dire le contraire, ça veut dire : ne restez pas là. Quand vous dites « restons-en là », c'est pour que je parte. Vous le dites bien, vous le dites gentiment, mais enfin vous le dites, vous décidez qu'il est temps que je parte, que c'est fini.

Les hommes ont du mal à garder les femmes près d'eux, il paraît que c'est un phénomène physiologique banal, qu'après l'amour vous avez une période dite réfractaire, un temps d'insensibilité pendant lequel il ne faut rien vous demander – réfractaire, oui, réfractaire à quoi ? au corps qui pèse auprès du vôtre, à la femme qui vous touche ou à la simple idée d'avoir à continuer quelque chose – à parler, à recommencer, à admettre ce lien, si ténu soit-il, qui vous lie et vous aliène, pensez-vous, craignez-vous ? Qu'est-ce qui se passe en vous, qu'est-ce que vous éprouvez ? De l'ennui, de la lassitude, du dégoût ? Du dégoût envers vous-même, du dégoût envers l'autre ? De la honte ? De la honte d'être ce corps éteint, rétracté, rétractile? De la honte d'être là, nu et démuni comme au premier jour, auprès d'une femme qui, vous le craignez, va vous demander, vous demande déjà, n'a cessé peut-être de vous demander ce que vous ne pouvez pas lui donner, parce que vous ne l'avez pas non plus, non, vous ne l'avez pas et elle vous le demande, c'est ça votre honte, n'est-ce pas, ce trou où vous êtes et qu'elle ignore, et vous préférez fuir, ou qu'elle se tire, c'est ça, tire-toi, casse-toi, c'est ça la réfraction, un rayon qui se casse à la surface de séparation, plus rien n'est possible que ce départ, cette fracture qu'est le départ quand les chemins bifurquent et qu'il n'y a rien en commun que le passé – pas d'avenir. J'aime, pourtant, j'aime quand vous dites « restons-en là ». Je me souviens de quelqu'un, un homme, il se levait pour aller à la fenêtre, il écartait le rideau puis, assez vite, comme si sa décision eût dépendu de ce qu'il voyait dans la rue, annonçait qu'il ne pouvait pas rester – « je ne peux pas rester », disait-il, et il cachait dans le pan du rideau son sexe rétracté, mais c'était sa personne tout entière qui se rétractait, qui aspirait à la disparition, au départ, c'était lui tout entier qui voulait soudain se retirer, se dédire, annuler tout, désavouer tout – c'est ça, tire-toi.

Ce qui est humiliant, au fond, ce n'est pas que vous partiez ou que vous nous demandiez de partir, après – même juste après. Ce qui est humiliant, c'est-à-dire ce qui nous met la face contre terre dans un avant-goût de notre mort, c'est que vous ne laissiez rien de vous-même, rien volontairement (le sperme, l'odeur, le souvenir de vous, bien sûr, mais si vous pouviez vous les emporteriez). Vous vous rétractez comme un tueur après l'aveu, l'aveu de faiblesse – vous n'avez rien dit, vous n'avez rien fait, vous n'étiez même pas là. Partant, vous niez tout en bloc, et ce témoin qui dit vous avoir vu, cette femme qui témoigne de votre présence, elle a rêvé : ce n'est pas vous. Ce n'est pas vous. Quelle tristesse alors, quelle fin plus triste que ce reniement ? *Animal triste*, oui, en latin « funeste », « qui annonce la mort » – pas la petite mort, la grande, la vraie.

C'est pourquoi j'aime « Restons-en là ». Parce que ça veut dire « séparons-nous » tout en maintenant entre nous un reste, un lien commun à partager dans le départ, une trace du rendez-vous, fût-il manqué, un moyen de concilier le désir de connaître et l'envie d'oublier, l'envie de reconnaître et le désir de nier, d'unir en vous l'attraction et la rétractation, l'attirance et la jouissance, l'ici et l'ailleurs, le passé et l'avenir, le bond et la chute – parce que ce reste, ce résidu qui reste entre des sexes que tout oppose, ce reste qui résiste à la mort, à la tristesse, au triste sort des hommes, c'est de l'amour peut-être, ce qu'on appelle l'amour. Et quand l'amant part, l'amour reste. Restons-en là pour aujourd'hui, donc, restons donc là aujourd'hui, restez, restez un moment, reste un peu, reste encore un peu.

Mais je m'en vais, ne craignez rien, je m'en vais.

Le mari

Le mari sait, pour l'amant. Elle ne sait pas comment il sait, mais de fait, il sait. Il sait qu'elle a un amant, et il sait qui c'est.

Il lui dit que bon, c'est comme ça, c'est fait, on n'y peut plus rien ; que ça ne fait rien. Que lui aussi il a eu des aventures depuis six ans qu'ils sont mariés – deux, trois peut-être, oui, trois – jamais rien d'important, vraiment, c'est pourquoi elle ne s'en est jamais rendue compte, n'est-ce pas ? Il a été discret, lui, et puis aucune histoire n'a duré longtemps, et puis parfois dans le dégoût, dans l'horreur de lui-même et le regret d'elle, et puis surtout parce que l'autre voulait, le voulait, il ne sait pas dire non, il est touché par le désir des femmes, même les vieilles, les moches, surtout celles-là, peut-être le fait-il exprès pour ne pas les mettre en danger, pour qu'elle n'ait pas de rivale, jamais rien d'important donc – non, pas Marie, pourquoi tu penses à elle, non, je t'ai toujours dit que non, c'est non, je ne t'aurais pas menti, pas sur elle. Mais à quoi bon dire qui, à quoi ça sert, quel intérêt? ah non, la vache, c'était vrai, je te le jure, il y avait une vache sur la voie – pas même des liaisons, on ne peut employer ce mot, à peine des aventures, très passagères, ce sont des choses qui arrivent, il ne va pas lui faire une scène, ça arrive à tout le monde, ça peut arriver, même quand on s'aime comme ils s'aiment, le désir, OK d'accord, on oublie, c'est du passé, n'en parlons plus.

Elle lui dit que non, elle ne peut pas oublier, est-ce qu'on oublie le présent, est-ce qu'on oublie ce qu'on est en train de vivre, c'est du présent pour elle, de l'actuel, du réel, ça n'est pas fini, pour elle, ça commence à peine – deux mois à peine, à la sauvette entre deux portes, elle n'a pas eu le temps, elle veut le connaître, mieux le connaître, elle veut le voir plus souvent, continuer, c'est de l'avenir, pour elle, alors justement, parlons-en.

Il lui dit que c'est une sacrée petite garce, qu'il l'entend encore rappeler pour la faire sienne cette boutade d'une épouse de Sacha Guitry : « Je ne tromperai jamais mon mari parce que je ne supporterais pas d'être la femme d'un cocu », c'était drôle, hein, on avait bien ri, et il l'avait crue, lui, imbécile, il en avait fait son ange, son idole, est-ce qu'elle le sait, ça, au moins, qu'il la vénérait comme un ange, qu'à ses yeux elle avait toujours été différente, pure, innocente, tout ça pour se retrouver comme un con, cocu, oui, cocu jusqu'au trognon, et trahi par celle qu'il plaçait tellement au-dessus de tout, de toute cette merde, de ces turpitudes, pauvre con, non mais quel con je fais.

Elle lui dit : « Pourquoi de la merde, pourquoi toujours tout rabaisser, pourquoi touj... »

Il lui dit que c'est plus la peine de continuer son cirque, qu'il a compris – l'ange : une belle salope, voilà, qui ne pense qu'à baisser sa culotte dès qu'une occasion se présente – et quelle occasion, ah ah, un pauvre mec qui doit peser 45 kg tout mouillé, un avorton, une larve – que c'est peut-être ça le plus dur, non mais franchement tu l'as vu, non mais tu l'as regardé, bon sang, le genre de type qui doit baiser comme un sabot, je suis sûr qu'il tire plus vite que son ombre, ce connard.

Elle ne dit rien.

Il crie : « Poufiasse ! »

Elle ferme la fenêtre.

Il crie : « Ah ! tu ne veux pas qu'on entende que t'es une poufiasse, une pauvre morue qui écarte les cuisses devant le premier merdeux venu. C'est pourtant ce que tu es, pas autre chose : une poufiasse. Non mais pour qui tu me prends ? Tu m'as regardé, un peu ? Trente-cinq balais, pas un gramme de trop, un corps impeccable, sept litres d'air dans les poumons, et je peux baiser toute la nuit sans problèmes ; qui dit mieux ? Et je ne sais pas si tu as remarqué, mais ici je n'ai qu'un geste à faire et j'en tombe treize à la douzaine, les yeux bleus ici, ça court pas les rues, tu vois, alors les nanas, vraiment, où je veux, quand je veux, et des plus belles que toi, hein, des plus jeunes, des sylphides, des vierges, et toi là avec ton gros cul, non mais qu'est-ce que tu crois, allez, vas-y, va avec ta crevure, retourne tirer ton coup avec ce minable, va lui sucer la nouille, salope, mais attention, méfie-toi, quand je serai parti ce sera pour de bon, et tu me regretteras peut-être, penses-y, quand tu te seras lassée des petits coups merdiques. »

« Pas si merdique que ça », dit-elle à voix basse, le front vrillé par cette langue inouïe.

Il ne réplique pas… Il prend à deux mains la grande table en verre qui les sépare et la lance contre le mur où elle s'écrase et retombe en mille débris sonores. Il s'approche d'elle et la gifle à toute volée, elle sent sa tête vibrer à la lisière de l'évanouissement, elle lève les bras devant elle, il agrippe le col de sa robe et la secoue furieusement, les yeux exorbités, la bave aux lèvres – le tissu se déchire entièrement dans un grand craquement, une robe qu'elle vient d'acheter, qui lui va si bien, elle parvient à lui agripper les poignets, arrête, lui crie-t-elle, arrête. Il casse encore un vase et le bras d'un fauteuil, puis tombe à genoux, soudain : « Je t'aime, dit-il, tu ne comprends pas que je t'aime ? » – et il pleure.

Elle reste immobile, debout devant lui près de la cheminée. Elle a serré les poings si fort que son alliance, elle le verra tout à l'heure, a perdu pour toujours sa forme ronde. Elle finit par poser les mains sur lui, sur ses épaules que les sanglots secouent, tout en regardant fixement par la fenêtre, au loin, raide et figée dans sa robe qui pend.

Les costumes ne sont pas de Donald Cardwell.

L'amant

Tu es belle. Je t'ai désirée dès le premier regard. Tu as des yeux magnifiques. Je ne me suis jamais senti aimé ainsi dans l'amour. Tu es belle. J'aime quand tu jouis. J'ai envie de toi. Tu as de beaux seins. Je t'aime. Je me suis disputé avec ma femme. Cette robe te va très bien. Tu es belle. Je crois que je vais quitter ma femme. Ton livre est magnifique, j'aime ce que tu écris de l'amour, est-ce que tu as pensé à moi ? J'ai rêvé à toi toute la nuit. Ça n'est plus possible, avec ma femme, d'ailleurs ça n'a jamais marché. J'ai envie de te prendre dans mes bras. Je t'attends à cinq heures. Ma femme est jalouse. Ton mari a un drôle d'air. Je n'ai pas pu venir, ma femme se doute de quelque chose, et ton mari ? Je ne sais pas si je pourrai. Tu es très belle. Je ne t'aime pas assez pour tout foutre en l'air. Ma femme est malheureuse. Tu as un nouveau parfum ? J'aime ta bouche, j'adore ta bouche. Ma femme me pose sans arrêt des questions. Je ne peux pas, la semaine prochaine peut-être. Qu'est-ce que vous avez fait, ce week-end ? Tu as l'air triste. Qu'est-ce qu'il y a ? Tu as des yeux magnifiques. Tu me fais jouir – je pense à toi tout le temps. Il faut qu'on arrête, ce n'est plus possible, ton mari va nous descendre, il est complètement fou. Ça n'est pas prudent, ça n'est pas raisonnable, ça n'est pas possible. Laisse-moi réfléchir, écoute-moi, comprends-moi, enfin tu vois bien qu'il est dingue. Tu devrais le quitter. Viens dans mes bras. Non, pas demain, j'emmène ma femme à la plage. C'est vrai que je suis bien avec toi, mais il vaut mieux arrêter pour le moment. C'est toi qui es venue me chercher. Je ne t'ai jamais rien promis. C'est impossible. Je n'ai pas envie. Pas maintenant. Non, pas demain. Écoute, on arrête. C'est fini – j'ai du mal à le dire, mais c'est mieux ainsi. C'est fini. Je ne t'ai jamais vraiment aimée, je te trouvais belle, ce n'est pas pareil. Je ne t'aime pas, arrête, j'en ai assez, je veux qu'on arrête, ça me dégoûte, je m'en vais. J'ai envie de te revoir, ça fait deux mois que je ne pense qu'à toi, j'ai envie de toi, j'ai envie qu'on refasse l'amour, le jeudi je peux avoir la clef d'un appartement, je sais que tu m'aimes, je t'aime, tu sais, je t'ai toujours aimée, dès le premier regard je t'ai aimée, avant même de recevoir ta lettre, je rêve de toi toutes les nuits, dis-moi que tu m'aimes, tu es belle, tu as de beaux yeux, tu as de beaux seins, ma femme est partie trois semaines en France, tu as l'air triste, qu'est-ce qu'il y a ?, viens dans mes bras.

Seule avec lui

J'écris un livre sur les hommes, un roman sur les hommes de ma vie – c'est ce que je dis quand on m'interroge. Sujet : l'homme.

La vérité, la vérité vraie, c'est que j'écris aux hommes, pour les hommes, pour eux. L'écriture est le fil qui doit nous unir. Écrivant, je me signale à leur attention. Sujet : moi. Je suis pleine d'hommes, voilà le sujet.

S'il est vrai qu'on écrit toujours pour quelqu'un, alors c'est simple : j'écris pour vous.

Je n'ai pas terminé, loin de là, mais je pense à deux épigraphes, deux tonalités très différentes, en ouverture ; je dois les montrer à mon éditeur tout à l'heure.

Celle-ci, de Marivaux – je vous la cite de mémoire (la Marquise est veuve depuis peu) :

« La Marquise. – J'ai tout perdu, vous dis-je.

Lisette. – Tout perdu ! Vous me faites trembler : est-ce que tous les hommes sont morts ?

La Marquise. – Eh ! que m'importe qu'il reste des hommes ?

Lisette. – Ah ! madame, que dites-vous là ? Que le Ciel les conserve ! ne méprisons jamais nos ressources. »

J'aime l'idée de la ressource, de l'homme-source. Littéralement, au XVIIIe siècle, la ressource c'est « ce qui peut améliorer une situation fâcheuse ». Être seule, voilà la situation fâcheuse. Mais soudain l'homme survient, il jaillit de nulle part, et le bonheur avec lui. *Un jour mon prince viendra* – ce que j'ai pu la chanter, cette chanson, petite...

Ou alors, cet autre exergue, moins léger, terriblement érotique – de Claudel, bien sûr ! C'est Amalric qui parle à Ysé, Amalric, la chair sans Dieu, l'amour sans l'âme :

« J'ai les mains agréables.

Vous savez très bien que vous ne trouverez pas ailleurs qu'avec moi

La force qu'il vous faut et que je suis l'homme. »

Je suis l'homme. N'est-ce pas merveilleux ? un homme qui s'avance et qui dit : je suis l'homme.

Il faudrait pouvoir se tenir en face, rencontrer ses yeux et dire : je suis la femme.

Rien d'autre – simplement ceci, tel que je vous le dis maintenant, tel que vous l'entendez : je suis la femme.

Pas si simple, n'est-ce pas ? Moi Tarzan, toi Jane, pas si simple. Si on pouvait se nommer, si on savait se présenter dans l'évidence de son sexe, dans la certitude de son être, dans le rayonnement de cette double vérité – moi et l'autre, l'autre et moi – on n'écrirait pas, il n'y aurait pas d'histoire, pas de sujet, pas d'objet.

Je n'écrirais pas, si vous étiez l'homme. Je vivrais peut-être.

L'éditeur

Qu'est-ce qui, dans la rencontre périodique avec l'éditeur, invite tellement au silence ? Qu'est-ce qui, d'année en année, de livre en livre, alourdit tant les paroles échangées, rendant difficile ou impossible toute expression personnelle ? Qu'est-ce qui manque à ce rapport emmuré, qu'est-ce qui manque pour qu'elle y croie ?

Il lui semble, après chaque rendez-vous, qu'elle regagne un coin d'étagère dans une bibliothèque vitrée dont la porte aussitôt se referme – peut-être même n'a-t-elle jamais quitté ce rayonnage vers lequel il a ébauché un geste pour la prendre, peut-être est-ce même de derrière cet écran transparent qu'il lui parle, et tout lui parvient étouffé, lumière amoindrie de ce qui pourrait être un éclat, un soleil.

Elle veut bien être traitée comme un livre, elle l'accepte, mais pas n'importe lequel. Elle veut être celui auquel on revient toujours, dont on sait tout, dont on connaît chaque page sans en avoir pourtant percé l'énigme inépuisable – le livre préféré, celui qu'on ne range jamais vraiment, qui reste là pas loin, à portée de main pour y revenir, le livre de chevet. Et plutôt que d'espérer en vain dans une conversation mondaine cette union qui lie le livre au lecteur, elle ne dit rien, se tait (quand on n'a rien à dire, on se tait).

C'est une douleur particulière qu'informe ce silence – ou le badinage qui le masque, le meuble. Elle rappelle vivement l'enfance et ses humeurs jalouses, quand, fille parmi des sœurs, on désespérait lentement d'être l'élue.

« Chaque auteur pour moi est unique », déclare l'éditeur dans une interview, figurant avec bienveillance le père modèle dont chaque enfant a place égale en son cœur.

Unique, répète-t-elle en y songeant.

Rage tenace, alors, d'envisager ce geste quotidien : finir un livre et en ouvrir un autre.

Unique, peut-être. Mais elle n'est pas la seule.

Seule avec lui

Il y a des hommes interdits, des hommes devant lesquels on reste interdite. Je me demande parfois si cette pieuse distance traduit la nature exacte de l'amour – être ici et là, *de part et d'autre* – ou son impossibilité complète – comment s'aimer de loin, sans rien toucher en l'autre ?

Le désir point de traverser, d'aller sur l'autre rive, le désir point, dût-on en mourir, de *passer.*

Le premier amour

Pendant près de dix ans, elle ne voit plus son premier amour, elle le perd de vue.

Un jour (elle vient de s'installer en Afrique avec son mari), elle reçoit une lettre, une enveloppe bleue postée de Lyon. C'est lui.

Il a eu son adresse en Afrique par sa sœur Claude à qui il a téléphoné, elle lui a aussi donné son nouveau nom, puisqu'elle est mariée, à présent. Il n'arrive pas à admettre, ni même à comprendre comment elle a pu se marier, pourquoi. Lui est seul, il habite seul. Est-ce qu'ils vont se revoir ?

Lorsqu'il ouvre la porte, en haut de l'escalier d'un immeuble ancien du IIIe arrondissement, elle voit d'abord ses cheveux roux coupés court, plus clairs qu'avant, lui semble-t-il, et striés de blanc. Il a un peu grossi mais elle le reconnaît, et quand il la serre dans ses bras, elle respire sa peau comme un souvenir revient.

Il lui raconte sa vie, ce qui lui est arrivé, toutes ces années.

Il est entré à Polytechnique – ça, elle le sait, la dernière fois qu'ils se sont croisés, c'était au bal de l'X, justement, ils ont fait semblant de ne pas se connaître. Il n'y tenait pas tellement, lui, à l'X, si elle se souvient bien, il était même antimilitariste… – c'est vrai, oui, mais avec un père général…

Il travaille maintenant pour une grosse boîte dans le pétrole, il cherche à partir, se rend à des entretiens d'embauche, mais en vain jusque-là, il n'est pas à l'aise dans son job, tout le monde lui passe devant, il n'a pas le salaire correspondant à ses diplômes, à son expérience, il pense à prendre un avocat.

Et puis il y a autre chose, un secret incroyablement gardé durant trois décennies, et qu'il vient seulement d'apprendre : il est juif. Son père, militaire en Algérie, a ramené et épousé cette austère jeune femme brune qui lui souriait tristement quand elle venait voir Michel – elle se la rappelle entrebâillant la porte, comme effrayée. « Ta mère est juive et tu ne le savais pas ? »

Non, il ne le savait pas. Son père avait fait promettre le secret à toute la famille et même maintenant il refusait d'en parler – quel intérêt cela présentait-il, juif, pas juif : il n'aurait pas voulu être circoncis, tout de même ? –, sa mère s'était tue.

Le premier amour est assis là, accablé, non mais tu te rends compte, tout un peuple assassiné et mon père qui dit « quelle importance ? », elle lui prend la main, écoute, Michel… Il ferme les yeux sous la caresse, mais son visage est douloureux. Derrière eux, sur une étagère, son père exhibe sans sourire ses galons d'or, ses épaules martiales, ses traits virils.

Il l'emmène dîner dans un restaurant casher. « Alors tu t'es mariée », lui dit-il.

Lui a eu des aventures, bien sûr, des liaisons durables aussi, mais toujours avec des femmes pas libres qui ne sont jamais parties pour lui, il y en a une qu'il a beaucoup aimée, mais elle avait des enfants, ça ne s'est pas fait, et – « tu vas rire » – elle s'appelait Camille.

À présent il a des histoires très brèves avec des filles rencontrées ici ou là, il drague, il écume les fêtes, il ne met jamais de capote, il est pour la confiance réciproque, et puis de toute façon…

De retour chez lui, il la serre dans ses bras. Elle a envie de lui, elle se souvient des dimanches quand elle avait seize ans, des projets d'avenir qu'ils échafaudaient au fond du lit, elle se souvient. Il ne l'embrasse pas, pourtant, il lui murmure à l'oreille qu'ils ne sont pas obligés de faire l'amour, qu'ils peuvent juste s'allonger ensemble, passer la nuit enlacés, qu'elle peut dormir là, avec lui.

Les derniers mois avant la fin, autrefois, ils n'avaient plus aucune relation sexuelle, elle couchait avec d'autres mais ils s'aimaient encore, avaient des gestes tendres, fraternels. Elle se rappelle leur sommeil chaste lorsqu'elle dormait chez lui, enceinte d'un autre, et son visage amical dans la salle d'attente où il était resté assis immobile des heures durant pendant qu'elle avortait, tenant à être là pour la ramener en voiture.

C'est à ce point exact du temps qu'ils se retrouvent, dans cette douceur virginale, mi-bonheur mi-malheur ; c'est là qu'ils se trouvent, debout au seuil de sa chambre : à ce moment où ils se sont séparés dix ans plus tôt, la mort dans l'âme, s'étreignant. C'est là qu'ils sont, par-delà les années : au point de départ. C'est comme s'ils ne s'étaient jamais quittés.

Elle ne reste pas, elle fuit, elle invente. « Attends, crie-t-il alors qu'elle s'engage déjà dans l'escalier, attends. » Et, revenu avec un appareil-photo, il prend d'elle, qui se détourne à demi, deux Polaroïds dont elle n'attend pas le développement.

Assise dans le métro, elle respire entre ses doigts l'odeur du premier amour. Sous le tunnel défile à vive allure du noir percé d'éclairs. Elle pense au sentiment que donnent parfois les hommes de n'avoir pas dans le monde la place qui leur revient et d'en souffrir, comme si quelqu'un, animé de désirs hostiles ou tyranniques, les maintenait depuis l'enfance dans une faiblesse malheureuse qui, au cœur des plus brillantes carrières ou des plus beaux caractères, reparaîtrait soudain sous la forme inattendue d'un ratage inexplicable.

Le correspondant

Ils se sont rencontrés une fois dans un colloque, et depuis ils s'écrivent. Il est marié, il a trois enfants. Il lui demande si elle accepte d'être sa sœur.

Elle aime recevoir ses lettres, au début c'est une joie, ouvrir la lettre et lire, découvrir un homme à travers ses phrases, leur rythme, leurs parenthèses – on dirait une respiration de l'esprit, oui, des lettres qui respirent l'intelligence.

Elle le provoque, lui dit qu'elle pense aux hommes, lui dit ce qu'elle pense des hommes.

Il lui écrit qu'il l'aime. Il lui écrit ce qu'elle veut lire, lui dit ce qu'elle veut entendre : qu'il l'aime, voilà.

Dès lors, plus rien n'est possible – ça ne correspond plus. Non qu'elle ne l'aime pas – elle a été tentée de répondre « moi aussi », « moi aussi je vous aime », « je vous aime aussi », mais ces mots lui ont paru creux comme des moulures de plâtre, bêtes et plats comme le motif d'une frise indéfiniment reprise à la bordure d'une plinthe ou d'un plafond. « Je vous aime », « moi aussi » – comme s'ils étaient les mêmes, pas différents, lui au nord, elle au sud, correspondants : est-ce que ça peut s'écrire sans perdre sa voix au chapitre, est-ce que ça peut voyager, est-ce que ça supporte le voyage, des mots pareils ?

Elle regrette amèrement le correspondant, quelquefois. Elle aurait dû être patiente, moins trépigner, mieux respecter les bienfaits d'une distance dont elle s'est évertuée à démolir les jalons de stuc au lieu d'en considérer les beautés, les pouvoirs. Mais elle n'a pas la patience, elle ne peut pas se prêter à la séduction de l'invisible : l'absence, pour elle, n'appelle pas à l'amour, et elle refuse cette irritation du désir, cette impuissance à tout rapport que masquent mal les oripeaux du langage. « Je vous aime », « moi aussi » : stuc et toc. Il n'y a pas de rapport.

Voilà pourquoi elle envoie par le fond, méthodiquement, tout échange épistolaire avec un homme qui lui plaît, ne conservant longtemps sans les saborder que des correspondantes, en lesquelles au contraire se complaît la distance. Elle sait, pourtant, que les corps répondent souvent plus mal encore que les lettres à l'espoir infini du désir. Mais elle préfère brûler vive dans la nudité de la présence, plutôt que de différer constamment la seule réponse possible,

Le frère

Elle n'a pas de frère, justement. Elle pense parfois que c'est préférable, qu'elle n'aurait pas su être la sœur d'un homme, faire abstraction de son corps, renoncer à le toucher. Mais c'est peut-être parce qu'elle n'en a pas, justement : elle n'a pas eu à aimer quotidiennement quelqu'un sans entrer dans le désir de lui, elle n'a pas subi cette épreuve du feu dans l'enfance – le père ne compte pas, ni André, qui sont sur un autre échelon du Temps –, c'est pourquoi sans doute elle en souffre plus aujourd'hui, elle n'a pas l'habitude de cette torture : être en présence d'un homme proche de cette proximité que peut donner le sang du corps ou de l'esprit, le temps de la vie – un consanguin, un contemporain, ce que l'Église appelle un prochain – et se voir interdire jusqu'à l'idée de la caresse.

Plusieurs fois, dans l'autobus, elle croise un tout jeune homme boutonneux vêtu d'une soutane. Lorsqu'elle s'assied à côté de lui, il lui sourit et lui dit toujours : « Bonjour, ma sœur. » Outre le fait qu'elle pourrait être sa mère (sa mère, la mère de ce garçon), elle déteste cette famille qu'on veut lui imposer. « Tous les hommes sont frères », oui oui, elle s'en souvient, elle a lu ça quelque part. Mais ce qui la rassure, au bout d'un moment, dans l'autobus – et elle sourit en elle-même –, c'est que si tous les hommes sont frères, heureusement toutes les femmes ne sont pas leurs sœurs.

Il l'aurait emmenée au cinéma, accompagnée dans ses sorties, il lui aurait présenté ses amis, parlé des livres qu'il avait lus, il l'aurait surveillée peut-être, espionnée, ennuyée, empêchée d'être, il l'aurait jalousée, moquée, détestée, admirée, servie, trahie, quittée, suivie, oubliée, retrouvée.

Mais : l'aurait-il aimée ?

Comment un frère aime-t-il sa sœur ? Quel est cet amour qui porte le même nom que l'autre ?

Elle ne regrette pas ce frère non avenu, et personne n'en tiendra le rôle. « Aime ton prochain comme toi-même », « mon semblable mon frère », « frères humains qui après nous vivez », « mon enfant ma sœur songe à la douceur » – toute cette littérature qui supprime l'irréductible altérité à l'œuvre dans l'espèce, elle ne s'y fait pas.

Elle n'a pas de frère, nulle part en ce monde, et c'est tant mieux. Elle ne connaît donc qu'une seule sorte d'amour : à la rassurante familiarité elle préfère de beaucoup l'inquiétante étrangeté. Elle aime son prochain comme un autre.

Seule avec lui

Abel Weil – drôle de nom que le vôtre. Un nom de frère, de bon frère, bien sûr – il ne doit pas y avoir beaucoup de mères qui appellent leur fils Caïn… C'est assez féminin, aussi, ne serait-ce qu'à l'oreille : on entend « elle », alors que dans Caïn, on entend « un ». Quoi de plus normal, d'ailleurs : le frère le plus doux, le frère-fille, meurt sous les coups du frère viril.

Mais vous n'aviez pas de frère, sans doute ?

Abel veille – le bon frère qui veille et surveille. J'en ai vu de ce genre-là, dans les pays où j'ai habité – des milliers de frères en veille, dont les mères reproduisent à l'infini le modèle délétère et mortel : les frères, là-bas, c'est la mort des femmes.

Mais au fond, est-ce tellement différent ici ? Dans un autre style, heureusement. Mais tout de même, cette fraternité sympathique, cette sympathie fraternelle entre les hommes et les femmes, vous ne croyez pas que ça nous tue aussi, tous autant que nous sommes ? Que ça détruit ce que nous sommes, un par un, pour nous fondre et nous confondre en un magma informe – l'humanité, l'Homme ? « Et que la mort nous rassemble ! »

Nous sommes tous des Hommes, nous sommes tous des Femmes ?

Nous sommes tous frères, nous sommes tous sœurs ?

Voyez, c'est toujours la grammaire qui met le doigt sur l'absurdité des faits avancés : « Nous sommes tous sœurs » – je vous demande un peu !

Je ne suis pas contre la pitié, la charité, l'aide humanitaire – ce n'est pas la question.

Je suis contre la tentative d'établir dans la société, par tout un réseau de conventions et d'interdits tacites, ce qui ne peut s'obtenir vraiment que par son contraire exact, ce qu'aucun frère ni camarade, dans son désir niais d'unité familière ou familiale, ne reçoit ni ne donne jamais : le sentiment profond du Pas-moi ; l'intelligence de l'Autre.

Vous l'avez sans doute remarqué : dans votre immeuble, il y a quelqu'un qui s'appelle Amand – Amand Dhombre. Abel veille et amant d'ombre – deux types d'homme, on peut dire.

Il n'y a pas de sexe, dans votre nom, en tout cas pas de sexe avoué : vous auriez pu être prêtre, avec un nom pareil.

Ou psychanalyste. Spécialisé dans la thérapie conjugale.

Notre frère à tous.

À tous, sauf à moi.

Jésus

Le Christ est un assez bel homme. Elle comprend les femmes qui l'ont pris pour époux. Elle-même entre dans toutes les églises qu'elle rencontre, et c'est pour lui, Jésus.

Jésus a un beau corps d'athlète, un corps formé pour les combats, la danse, l'amour – c'est un corps d'homme, Jésus, un beau corps nu qu'on nous met sous les yeux sans cesse pour nous rappeler l'esprit, dit-on, et la chair morte ou destinée à mourir, vanité.

Mais le sang bat quelque part dans l'artère, au creux du cou, à moins qu'elle ait rêvé ?

Est-ce un cadavre qu'on voit, dans les églises, ou bien un corps souffrant, abandonné, offert aux lances et aux regards ? Elle oublie les deux, quelquefois, lorsque les plaies sont effacées, si le visage approchant du sourire éloigne le martyre, elle n'admire plus qu'un homme au corps presque nu, étendu là tel un nageur dans l'herbe après le bain, bras en croix sous la nue, essoufflé, exsangue, tournant la tête vers la chaleur au travers des nuages, du vitrail, elle ne voit plus que les muscles saillants se relâchant après l'effort sous la peau encore blanche d'un printemps finissant. Oui, parfois, lorsqu'elle va le contempler dans les églises, elle oublie que Jésus est mort, elle l'oublie aussi complètement, aussi mystérieusement qu'en écoutant une messe de Bach on oublie que Dieu n'existe pas.

Le Christ est un bel homme qui souffre et semble s'offrir à nous. Pour autant, est-ce un homme qu'on peut rendre heureux ? Elle ne le croit pas. C'est pourquoi sa dévotion reste discrète et distante. Jésus certes possède en propre tous les attributs virils – muscles, barbe, force et courage, jusqu'à ce sexe mâle que voile pudiquement un linge dès lors qu'il n'est plus nouveau-né. C'est un homme, un fils de l'Homme. Mais il est sans femme, sans désir de femme, ça se voit tout de suite qu'il ne vous prendra pas dans ses bras, jamais, ni avant ni après le supplice, ou que, si par miracle il le faisait, l'étreinte serait glaciale et que rien n'agirait pour que la joie demeure. Il est sans femme, sans famille – ce fils qui est un père, ce fils qui ne sera jamais père, ce dieu d'amour jamais amoureux. Elle n'y croit pas. Il a donné sa vie pour elle ? Mais pas à elle. À elle, il n'a rien donné, que ce corps mortifié à contempler, hors de portée, ce corps à sang froid – *ne me touchez pas*.

Elle fait toujours le détour par l'église, où qu'elle aille, elle va voir le Christ, le corps du Christ. Elle sait le pouvoir qu'il exerce sur les cœurs aveugles et les yeux qui voient. Elle plaint le malheur des femmes qui l'adorent sans retour, les égarées qui s'imaginent qu'il est mort pour elles, parce qu'à le regarder, au-delà de la beauté, de la souffrance, on voit la forme de l'absence : ce corps montré partout ne montre pas d'amour. Qu'on soit bien sur ce sein, dans ces bras, c'est impossible – elle n'y croit pas. Il n'y a pas là poitrine où poser sa tête, épaule où reposer son âme, mais vanité, vanité.

L'amant, le mari

Après la rupture avec l'amant, elle pleure pendant deux ans. Il ne s'agit pas d'une image pour suggérer son chagrin : elle pleure vraiment, tous les jours – pas forcément dans le silence de sa chambre ou la solitude : au restaurant où son mari l'emmène le soir pour la sortir d'elle-même, elle pleure, elle n'arrête pas de pleurer – les larmes coulent dans l'assiette et donnent à tout ce goût de sel qu'a l'air au bord de la mer.

Le mari a envie de la tuer. À l'ophtalmologiste qui lui demande comment elle s'est fait ce décollement de rétine, elle répond qu'elle a eu un accident. Il l'opère au laser et lui conseille de ne plus porter de lentilles car, dit-il, elle n'a plus de larmes.

L'amant ne répond pas à ses lettres, et quand elle lui saisit le bras sur le seuil d'une porte, au lycée, il se dégage sans un mot. Elle pleure, elle se souvient de tout ce qu'il a dit, de ce qu'il disait : *je t'aime*, et aussi *je ne t'aime pas*. Les larmes font comme un rideau de pluie qui tente de noyer ces deux phrases en un seul paysage.

Elle ne comprend pas comment c'est possible : *je t'aime*, puis *je ne t'aime pas*, dans la même bouche, puis dans le même silence.

Je t'aime.

Je ne t'aime pas.

L'amant n'a pas de parole. C'est un homme sans parole. Elle écrit des lettres d'amour, elle demande à comprendre – où est la vérité. « Je voudrais te parler », lui dit-elle.

L'amant ne répond pas, ce n'est pas un homme de parole.

Elle écrit des lettres d'amour, elle dit qu'elle est malheureuse. L'amant ne répond pas : il n'est pas responsable. Aux lettres qu'elle envoie et à l'amour qu'elle offre, il n'y a pas de réponse – elle ne parle pas sa langue.

Un après-midi, on sert le thé à la menthe dans la salle des professeurs. Elle a pleuré toute la nuit sur la banquette arrière de la voiture – « va-t'en, a crié le mari, va-t'en, sinon je te tue » – elle a vu le jour se lever, l'aube rosir peu à peu dans le rétroviseur – je t'aime, je ne t'aime pas. On verse le thé brûlant qui fume dans les verres, le plateau passe. Le mari en saisit un du bout des doigts et le lance au visage de l'amant – « it's your cup of tea, I guess », dit-il avant de sortir sans la regarder, pétrifiée, statue de sel. L'amant se tient courbé dans une posture offensée, il essuie le thé sur ses joues avec un mouchoir en papier, on dirait des larmes.

Elle pleure pendant deux ans, même après qu'il est parti elle pleure encore. Puis elle est enceinte de son premier enfant – celui qui va mourir, mais elle l'ignore. Alors seulement, elle oublie l'amant, l'irresponsable amant. L'esprit renonce à couvrir la distance qui sépare l'amour du dégoût et l'amant d'elle. Je t'aime, je ne t'aime pas : l'âme se plie à l'énigme insoluble, le corps accepte qu'il n'y ait à celle-ci pas de réponse plus claire qu'à cet autre mystère qui résout tous les autres : je suis vivant, puis je suis mort.

En termes romanesques, la scène finirait autrement, des années plus tard, rappelant la patience et l'oubli, la longueur du temps, son charroi de wagons, ses cloisons entre lesquelles s'enferment hermétiquement les événements les plus contraires, les mots les plus contradictoires. Rien ne répond à rien, rien ne correspond, chaque instant est détaché, aucune parole ne tient à rien : c'est un fou rire qui la saisit, un matin, tandis que son mari verse de l'eau chaude dans le biberon de la cadette, elle rit, elle ne peut plus s'arrêter, elle rit aux larmes et, entre deux hoquets, elle dit à son mari médusé : « Tu te souviens du thé à l'amante ? »

Le fils

Elle a eu un fils. Il est mort. Lorsqu'on lui demande si elle a des enfants, elle fait la même réponse que sa mère, elle dit : « J'ai deux filles. » Au début elle précisait, elle nommait ce fils. Elle ne le fait plus, les gens comprenaient mal. Elle a arrêté, elle n'en parle plus.

C'est l'enfant qui manque à toutes les femmes – qu'elles en aient déjà six ou sept ou qu'elles n'en aient aucun. Il manque aux femmes qui n'en veulent pas, à celles qui n'en auront jamais, pour rien au monde, à celles qui en rêvent, à celles qui en font, à celles qui en veulent. Il manque aux femmes qui avortent, qui ne le gardent pas, à celles qui abandonnent, qui refusent, à celles qui adoptent, qui choisissent, qui espèrent. Il manque aux femmes enceintes, aux femmes stériles, aux femmes qui ne peuvent plus en avoir, aux femmes vieilles.

C'est l'enfant là-pas là, il va et vient comme la bobine qui roule et puis revient. On s'habitue à son absence. Pour elle, c'est un fils. Pour d'autres, une fille. Mais il existe. Toutes les femmes ont un enfant.

Il manque aux hommes aussi. Cet enfant, ce fils, ce double d'eux-mêmes, cet avenir d'eux-mêmes – le sang, le visage, le nom –, tout leur manque, même à ceux qui s'en gardent, qui se retirent à temps, qui sortent couverts, qui s'en foutent, qui ont trop de travail, qui disent non, qui détestent les cris, les pleurs, les liens, les attaches, qui ne supportent pas les enfants – il manque à tous les hommes, même à ceux qui les tuent. Tous les hommes sont pères.

C'est pour que vous compreniez : elle a deux filles qu'elle aime passionnément. Mais cet enfant-là, celui qui manque et manquera toujours à tous les bras, c'est le sien aussi. Elle a un fils. C'est lui.

Le mari

Il a voyagé tout le jour mais il arrive trop tard : l'enfant est déjà né, l'enfant est déjà mort. Il entre dans la chambre où elle l'attend, où elle n'attend plus que lui, elle tend les bras, il vient, il est là, elle a entre ses mains sa chair vivante.

Quand ils faisaient l'amour, des mois plus tôt – c'était au bord de l'abîme –, ils confondaient leurs bouches, leurs doigts, leurs ventres, ils mêlaient leurs visages et leurs membres, et leur jouissance criait au miracle : ils faisaient un enfant.

Le plaisir était inconcevable. La mort, non. La mort se conçoit.

Nous sommes tous hantés, dit-on, par deux instants inconnus : celui de notre origine et celui de notre fin. Instants jumeaux comme le sont les corps qui s'étreignent, l'homme et la femme, la jouissance et la mort. Elle se rappelle la formule consacrée à quoi ils ont dit oui, jadis : pour le meilleur et pour le pire. Tout va par deux, elle va avec son mari comme il va avec elle, sa jumelle, ils vont ensemble.

Quand, à la morgue, le mari l'enlace alors qu'elle berce leur bébé mort, elle sait que jamais elle ne sera plus proche d'un autre homme que de lui, jamais, dût-elle en connaître mille, la distance s'est réduite à rien, soudain, et leurs corps sont enfoncés l'un dans l'autre comme on l'est dans la terre ou dans la nuit.

Le médecin

Le médecin affirme que tout va bien, qu'il n'y a pas lieu de s'en faire, aucun traitement à prévoir; il détourne les yeux de son visage, de sa peur, de sa confiance. Deux heures plus tard, l'enfant est mort; ce n'est pas lui qui vient le lui dire, mais une infirmière : l'enfant (pas *votre* enfant, *l'*enfant, vous savez bien, « celui qui ne parle pas », l'enfant, vous savez bien, celui qui n'a pas eu le temps d'être le vôtre), l'enfant est mort.

Le médecin a fait de brillantes études dans la même ville qu'elle. Il est plus jeune qu'elle de quatre ans, quand elle passait le Brevet il devait être en 6e, mais peut-être à Saint-Jean, lui, pas à l'école publique – elle le verrait bien catholique, oui, sûrement catholique : le fils est destiné à mourir et la mère à l'accepter, mater dolorosa. Il n'a pas appris ce qu'il faut faire quand l'enfant meurt, ce qu'il faut dire au père et à la mère, ce n'était pas dans ses cours, alors il ne sait pas. Il n'improvise pas non plus, c'est un médecin rigoureux, ordonné, méthodique, comme son père avant lui dans la même clinique.

Elle va le voir après l'enterrement, elle prend rendez-vous à son cabinet et elle va le voir, on ne peut pas se quitter là-dessus, sans rien se dire, sans se comprendre.

Mais il n'a rien à dire, rien. Si elle veut le dossier, elle devra passer par un confrère – les malades n'ont pas accès directement à leur dossier. Il manipule un coupe-papier en métal ciselé.

Les malades.

Elle n'est pas malade. Elle est malheureuse.

Quand il se lève pour terminer l'entretien, une image passe devant ses yeux : elle balaie tout d'un revers de main sur son bureau, sauf le stylet, le renverse là, sur le plateau de bois verni, et le force, là, comme ça, brutalement, pourquoi, pourquoi? pour lui en refaire un, c'est tout, pour refaire ce qu'il a défait, pour réparer, voilà, parce qu'elle veut son enfant, c'est tout, qu'il le lui rende, il est blond et pâle, il doit avoir des enfants qui lui ressemblent, qui ressemblent à l'enfant dont elle ne connaît pas les yeux.

Elle sort. Son mari l'attend dehors, elle n'a pas voulu qu'il vienne, il n'aurait pas pu garder son calme. Elle pleure dans ses bras, elle pleure de honte, elle en est comme morte.

D'abord cette image l'obsède, ce fantasme honteux, indicible, atroce : elle se voit sur lui, le chevauchant avec violence, et la terre qu'on creuse, qu'on ensemence. Puis elle voit mieux la scène, et ce qui l'en délivre : dans ce corps à corps monstrueux c'est elle qui le pénètre, c'est elle sur lui, brutale, brandissant l'arme, la force des hommes, enfonçant la bêche qui ouvre en lui ce trou d'argile rouge, dans cette lutte sauvage c'est elle qui défait, qui détruit, qui ravage. Il n'y a plus rien à réparer, non, cet homme-là ne peut rien sauver, rien donner, rien offrir, alors elle le tue, voilà, elle le tue, elle le tue, elle le tue.

Le grand-père. Le père. Le fils

Elle est enceinte pour la première fois, il reste à peine un mois avant l'accouchement, c'est un garçon. Elle fait des courses avec sa mère, elles sont en voiture, elles parlent des brassières qu'elles viennent d'acheter. Sa mère doit poursuivre une conversation souterraine et secrète car soudain, comme une rivière fait résurgence, elle dit :

« À mon époque, c'était dur d'être une fille, dans le fond. J'aimais mon père, pourtant, il m'a toujours beaucoup gâtée, j'étais sa fille chérie ; mais tu vois, quand j'y pense, là, maintenant, il m'a empêchée. Il m'a vraiment empêchée. Moi, par exemple, j'étais très forte en athlétisme, je battais tout le monde au cent mètres, j'aurais pu être une championne, un peu comme Colette Besson ; j'ai été sélectionnée pour les championnats de France, tu sais, j'étais bonne – mais il fallait aller à Paris, forcément, et mon père n'a pas voulu. Il disait que ce n'était pas ma place, qu'une fille ne devait pas montrer ses jambes, que les hommes ne venaient que pour ça dans les stades, regarder les filles en short. C'était un sportif, lui, pourtant, il avait une vraie passion pour le rugby ; mais pour moi, non, il n'a pas voulu.

Et puis tu vois, aussi, je lui en veux pour mon mariage. Moi, j'étais amoureuse de mon cousin Georges – non, tu ne peux pas voir qui c'est, moi-même je ne l'ai jamais revu, ça fait plus de quarante ans –, un cousin éloigné du côté de ma mère, je me demande ce qu'il est devenu, parfois j'ai envie de lui écrire, je sais qu'il habite Lille, mais il vaut mieux pas, si ça se trouve il est affreux, les hommes changent tellement, ils prennent du ventre, ils perdent leurs cheveux, moi j'ai de la chance avec André, mais souvent ils ne font pas d'efforts, tu n'es pas d'accord ? – je veux dire : par rapport à nous, ils ne font pas d'efforts ; Enfin bref, à l'époque il était superbe, j'étais très amoureuse de lui – mon premier amour. Mais il n'avait pas fait tellement d'études, il était représentant de commerce. Alors mon père n'a pas voulu.

Il était dur, dans le fond.

Mon père, c'était tout pour moi. Mais je n'étais pas tout pour lui.

Les hommes sont plus libres, tu ne trouves pas ? C'est bien d'avoir un garçon – c'est mieux. Encore que maintenant ce soit différent. Mais tout de même, moi j'aurais bien aimé en avoir un – et puis ton père le voulait tellement, il doit être content d'avoir bientôt un petit-fils, non ?, il le voulait tellement. Peut-être tout se serait-il mieux passé, avec un garçon, peut-être que ton père m'aurait aimée, avec un garçon ? »

Seule avec lui

C'est incroyable : là, à l'instant, je voulais vous dire quelque chose sur les hommes et moi, j'avais une idée peut-être pas importante mais j'y tenais, et pffft, envolée, impossible de m'en souvenir.

Je cherche, vraiment je cherche, ça n'est pas loin mais je n'arrive pas à l'attraper, c'est énervant ce blanc – ça m'échappe.

C'était sur la différence entre les hommes et moi, ce qui me fait sentir, même dans les moments où je suis bien, où il n'y a pas de conflit avec aucun d'entre eux, où même je me sens puissante, ce qui me fait éprouver physiquement, malgré tout, la différence : je voulais vous dire quelque chose là-dessus.

Parce qu'au fond, assez souvent j'ai l'impression d'être un homme – je veux dire : je ne me sens pas féminine au sens classique du terme; plutôt virile, en fait. Peut-être est-ce parce que j'ai les attributs de leur puissance : l'activité professionnelle, l'écriture, la publication, l'autonomie. Souvent, j'agis comme eux, et même comme une caricature d'eux – ce dégoût du flirt, cette volonté de prendre l'initiative, de faire le premier pas, c'est bien dans leur ligne, dans la tradition en tout cas.

On m'a rapporté une anecdote sur mon compte. Il paraît que quand on a su, à mon travail, que j'étais enceinte – il y a donc déjà presque dix ans – l'un de mes collègues, un type que je connaissais depuis des années, avec qui j'avais d'assez bons contacts, un de mes collègues s'est exclamé : « Ah bon ? Elle a donc des ovaires ? »

C'est drôle, quand même.

Mais ce n'était pas ce que je voulais dire, je sais que non. Ah ! c'est tout près et pourtant impossible à saisir, je n'y arrive pas.

Non, vraiment non : c'est perdu, ça ne me reviendra pas.

J'ai un trou.

Le psychiatre

Elle va le voir parce qu'elle a perdu son enfant – son premier enfant –, personne n'a pu lui dire pourquoi exactement, mais il est mort en naissant. Elle l'a enterré là-bas, en France, puis elle est revenue ici, en terre étrangère, étrangère à tout. C'est dans un pays, en Afrique, où les enfants meurent par milliers tous les jours, alors forcément plus grand monde ne pleure – d'ailleurs tout le monde croit en Dieu, que c'est Dieu qui décide.

Il n'y a qu'un psychiatre dans toute la ville, on comprend pourquoi. Elle n'a donc pas le choix, elle y va.

La salle d'attente est noire de monde – trente personnes au moins, assises par terre ou debout tête appuyée sur le mur ou vautrées sur les canapés. Elle reste à l'entrée, près de la porte, un homme lui dit de se couvrir les cheveux. Les femmes geignent, les mains se tordent, les yeux sont fous, de cette folie qui ressemble à du ressentiment, on vous en veut, mais de quoi ? vous ne le savez pas.

On la fait passer avant tout le monde, la secrétaire vient la chercher la première, parce qu'elle est blanche, parce qu'elle a pris rendez-vous par téléphone, et puis elle n'est pas folle, elle voit bien que les gens sont là pour attendre, en tout cas ils ont l'habitude, pour eux c'est une journée d'attente dans une vie à attendre, ça fait passer le temps et presque la souffrance, ils n'ont que ça à faire.

Le psychiatre a vécu deux ans à Reims, étudiant – elle ne connaît pas. Le champagne, dit-il. Oui, bien sûr, le champagne elle connaît. Il lui demande où elle est née, elle le lui dit. Qu'est-ce qui l'amène, qu'est-ce qui lui vaut le, qu'est-ce qu'il peut faire pour elle ?

Elle raconte. Pour la première fois depuis que c'est arrivé, elle n'est pas émue par son récit, elle reste de marbre, elle est comme une mauvaise actrice dans un rôle ignoble. Il lui dit que oui, bien sûr, il comprend – mais enfin ce n'est pas très grave, il faut surmonter, elle va y arriver, il va l'aider : on trouve ici les mêmes traitements qu'à New York ou Paris, qu'elle ne s'en fasse pas.

Il ne lui dit pas qu'elle en aura d'autres, il lui dit qu'il n'y a pas que ça dans la vie d'une femme, les enfants. Il lui parle de son passé en France, il va jusqu'à une armoire d'où il tire un livre broché – sa thèse avec un mot de félicitations d'Henri Ey, il le lui montre, elle le lit.

Henri Ey, un grand psychiatre – il suppose qu'elle le sait.

Au moment de partir, elle a son ordonnance à la main, il la prend dans ses bras, presque paternellement semble-t-il, sans chercher sa bouche ni rien, mais il la tient, elle sent ses lèvres dans ses cheveux. Elle se souvient de son père qui, à l'époque de son divorce, terminait les rares lettres qu'il lui écrivait par « Je t'embrasse paterneusement ». C'est un peu ça. Mais si elle voulait, ce serait différent, aussi, elle n'a qu'à vouloir. Il s'écarte un peu d'elle tout en la maintenant contre lui, c'est à elle de décider. Elle voit bien qu'il en a marre de tout ça, des gens dans la salle d'attente, marre des fous, des hystériques – il y en a une qui crie, justement, qui hurle –, il en a par-dessus la tête de ça, la même chose tous les jours, tout le temps, il n'en peut plus, il aimerait bien changer un peu de vie, vivre autrement, être ailleurs, ou bien là mais avec elle, elle a l'air normale, et puis elle est blonde.

Un instant elle hésite, elle hésite à lui faire plaisir. Et puis non. Trop de gens l'attendent, elle ne se sent pas la capacité de les lui faire oublier, ou pas l'envie de les oublier, pas la force. À la pharmacie en bas de l'immeuble, elle donne l'ordonnance. Ils ont tout.

Seule avec lui

À cette époque, j'allais très mal. J'étais complètement seule : ni mère ni maîtresse, je n'avais plus ni enfant ni amant : je n'avais même pas à choisir entre la maman et la putain, tous les rôles étaient tenus par d'autres – d'autres femmes qui poussaient des landaus dans les parcs ou frôlaient mon mari dans les rues.

Cette année-là – presque deux, en fait, depuis la mort de mon fils jusqu'à la naissance de ma fille –, ces années-là ont constitué pour moi une expérience étrange, unique : soudain, il n'y a plus eu d'hommes – plus un. Je n'étais plus moi-même une femme, mais la fosse où tout avait sombré, le trou. La terre était vide.

Avant, je regardais les hommes, j'y passais le plus clair de mon temps. Peu s'en rendaient compte, peu l'ont su. C'était un secret – je les aimais en secret. Mon mari a toujours été plus visible, plus visiblement aux aguets, frémissant – il tentait de se cacher mais je voyais son désir comme on se voit dans un miroir.

Et puis d'un coup la terre s'est vidée. Mon mari lui-même a presque entièrement disparu de mon champ de vision, je n'ai gardé de lui qu'un corps morcelé réduit à ses fonctions sexuelles, des morceaux de corps à rafistoler aux débris du mien pour tenter d'en reformer un entier, de refaire un homme, un fils.

J'étais folle. Folle de douleur, folle d'espoir : faire un homme.

Qu'est devenu mon mari, pendant deux ans ? Une verge et du sperme, un donneur de sperme, rien de plus : j'avais besoin de lui pour faire l'homme. Il est tombé dans l'anonymat et le néant.

Pendant deux ans, il n'y a plus eu d'homme au monde que celui que j'allais faire.

Pendant deux ans, il n'y a plus eu de désir au monde que le désir d'enfant.

Mettre un homme au monde, est-ce le triomphe des femmes ? Ce sexe mâle dans leur ventre, leur défi, leur délire ?

C'est une fille qui est née. Les hommes sont revenus avec elle, leurs yeux, leurs bras, leur visage – et avec eux l'humilité de mon désir : j'ai appris ce que j'aurais dû savoir : les femmes ne décident pas des hommes ; ce ne sont pas les femmes qui font les hommes.

Le mari

Le mari aime les femmes. Il a besoin des femmes comme elle des hommes, autrefois, quand les hommes existaient. Il en tremble. Elle ne peut pas le lui reprocher puisque cet amour est ce qu'elle a aimé en lui dès le premier regard, ce qu'elle a reconnu. Elle aime cet amour bien qu'il la dépasse, car en la dépassant il la comprend.

Le mari démarre au quart de tour – elle l'a observé, souvent –, il suffit d'un rien, d'un petit quelque chose, il se noie dans une goutte d'eau. Elle le voit parfois avant lui, qu'il va se noyer, elle le connaît comme son reflet, son ombre.

Au début, elle est jalouse (elle a rêvé d'être toujours ce rien qui comble). Puis elle cesse de l'être, mais elle éprouve cette souffrance particulière aux catastrophes, quand les gens meurent côte à côte tout occupés de leur seule mort : leur destin a beau être commun, il n'y a plus de lien. Quand ça va mal, parfois (il arrive au mari d'être repoussé), elle n'a pas vraiment le temps d'exercer, au sens strict, sa compassion – elle voudrait dire : regarde-moi, je suis pareille, regarde-moi, je suis la même. « Tu ne peux pas savoir, dit-il, la tête entre les mains, tu ne peux pas savoir. »

Elle sait. C'est lui qui ne sait pas : qu'elle a cherché le même mystère, poursuivi la même proie.

Elle sait. C'est lui qui ne sait pas : que ça ne sert à rien, que ce n'est pas la peine.

Pendant les deux ans où la terre est vide, le mari n'est plus qu'un désir en souffrance, un corps perdu en quête de corps éperdus. Il ne pense qu'à ça, il peut bien l'avouer, le crier, puisque de toute façon elle n'entend pas, il lui faut des femmes. Est-ce une maladie, comme par exemple Simenon, Chaplin, il paraît ? Il se le demande. L'attrait du sexe ressemble, dit-il, à une maladie mentale : il n'y a qu'à voir à quoi les fous passent leur temps, dans les hôpitaux. Le sexe est une folie quand, au lieu d'unir, il sépare, renvoyant l'homme au délire de sa solitude.

Pendant deux ans, la folie gagne. Ils sont fous tous les deux : elle de n'en vouloir qu'un, lui de les vouloir toutes.

Elle a été jalouse. Elle ne l'est plus depuis qu'elle a tenu dans ses bras son enfant mort, ce corps attendu, ce corps voulu. Elle n'a aucune foi religieuse, mais au moment de se fâcher contre l'infidèle, une

Le passant

Elle est enceinte de huit mois et marche lentement sur le trottoir, seule. Le passant s'arrête à sa hauteur, puis ralentit son pas afin de rester à côté d'elle. Qu'est-ce qu'il fait beau aujourd'hui, mais chaud, oui, vraiment chaud ! Elle avance jusqu'au feu, s'immobilise au bord de la chaussée, le menton droit, le regard fixé sur le bonhomme qui tarde à passer au vert. C'est très joli, ce chemisier à fleurs, ça lui va très bien, qu'est-ce que c'est exactement – des tulipes, des roses ? Elle traverse en accélérant l'allure, le passant la rejoint, leurs bras se touchent, elle s'écarte. Ah ! quelle chaleur ! on se prendrait bien un petit coca, hein ? Allez, tiens, c'est une idée, il lui paie un verre, il connaît un café bien tranquille, pas loin, d'accord ?

Elle s'arrête au milieu du trottoir, brusquement, face au palmier, et sans le regarder lui dit de partir, de la laisser.

Alors, avant qu'elle ait pu se remettre en route, il enfonce dans son ventre un index dur et précis et lui dit d'une voix cassante : « Et celui-là, tu l'as eu à l'énergie solaire ? »

L'homme oublié

C'est en lisant *Le Monde* qu'elle se rappelle l'homme oublié ; il n'y a guère de confusion possible, nom et prénoms sont peu courants, et lorsqu'elle l'a connu, il terminait les études qui l'ont mené à exercer la profession mentionnée dans le Carnet du jour.

Elle le rencontre par un ami dont il est le cousin. Il a l'une de ces beautés classiques qui plaisent à tout le monde et déteste l'unanimité des femmes à son endroit. Lorsqu'il peut, il évite de rester en leur présence : il les juge en général bêtes, frivoles, hystériques et – il ne dit pas cela pour elle – notablement inférieures aux hommes.

Quand elle le connaît un peu mieux, il lui explique qu'il n'a été amoureux qu'une seule fois dans sa vie, il y a longtemps, très longtemps – quel âge avait-il donc ? – huit ans.

Il aurait aimé la revoir, cette petite fille, mais il n'a pas pu retrouver sa trace, elle a dû changer de nom, c'est ça le problème avec les filles, elles changent et on les perd.

Un soir, elle est assise à côté de lui sur le canapé, elle tend la main, lui touche doucement l'épaule. Il fond sur elle aussitôt, bras en avant, il plonge et la déshabille mécaniquement, sans l'embrasser, se serre et se frotte contre elle nue, elle sent l'étoffe de laine rêche sur sa peau, le corps vêtu qu'agitent des spasmes agacés, des sursauts d'impuissance. Puis, au bout d'un quart d'heure, alors qu'elle lui sourit gentiment (ce n'est pas grave), il se lève et lui dit en prenant son manteau : « Non, ce n'est pas grave ; c'est seulement que je ne suis pas habitué à…, enfin, à faire l'amour avec des putes, tu vois, ça ne me dit rien, les putes, ça ne me fait pas bander. »

Quand son nom lui dit quelque chose, dans le Carnet du *Monde*, il y a déjà longtemps qu'il est sorti de sa mémoire. Une femme rappelle que « ce jour-là, il s'est donné la mort ». C'est, trois ans plus tôt, le jour où elle a accouché de sa fille – exactement la même date, le même anniversaire. Elle pense à la haine des femmes qu'ont parfois les hommes, à cette lutte qui les oppose et à laquelle seuls quelques-uns, d'un bord ou de l'autre, peuvent survivre, peut-être (alors on les voit déambuler dans les rues, les yeux méchants et la bouche amère). Elle se demande aussi comment il a fait, s'il s'est pendu, empoisonné, noyé – elle le verrait bien, oui, elle le voit se jeter dans la Seine, ce jour de mars, elle le voit non sans admiration réussir à la perfection ce que manquent plus souvent les femmes, et en tirer sur elles une victoire ultime.

Seule avec lui

J'ai lu hier l'interview d'un biologiste – un généticien, sans doute. J'étais dans le train, j'y ai pensé un long moment… Il prétend que le désir d'enfant est strictement féminin, que lui, dans toute sa carrière, n'a jamais rencontré un seul homme personnellement animé de ce désir, que pour les inséminations artificielles ou la procréation médicalement assistée, par exemple, les hommes restent toujours en retrait, à la remorque, qu'ils ne viennent là que pour faire plaisir à leur femme, avec sur le visage une pathétique envie de fuir.

Vous y croyez, vous ? Vous ne croyez pas que c'est exactement le contraire ? Que les hommes veulent faire des enfants aux femmes ? Qu'ils poursuivent un rêve infini de fécondité, de fécondation ? Faire l'amour, faire un enfant, c'est un peu la même chose, logiquement, non ? – c'est le même syntagme. Ou désirer : désirer un homme, désirer une femme, désirer un enfant : vous voyez comme la grammaire peut être choquante, quelquefois, mais révélatrice aussi.

J'ai senti cela, souvent, avec mon mari, mais aussi bien avec des inconnus : que j'étais désirée au-delà de moi-même, mise en perspective.

Et vous voyez, à mon avis, si les hommes quittent leur femme pour une femme plus jeune (mon mari, quand je l'ai rencontré, par exemple), ce n'est pas parce qu'elles ont les seins qui tombent ou les fesses comme ci ou comme ça – non. Les hommes quittent leur femme parce qu'elles ne peuvent plus avoir d'enfants.

Le voyageur

Cet homme aux cheveux gris, un peu corpulent, assis de l'autre côté de l'allée, vis-à-vis d'elle, pendant les longues heures d'un long voyage en train, et qui, lorsque s'élève du fond du wagon la voix ensommeillée d'une petite fille chantant *Frère Jacques*, dans un éclair où brillent ensemble le désir et la tendresse, dans un regard jamais vu d'amant et d'époux, lui sourit.

Le mari

Un jour il rentre du collège de ZEP où il enseigne l'anglais depuis leur retour en France ; c'est en mars, elle est en congé de maternité, elle ne travaille pas et vit dans l'angoisse de la naissance à venir – une fille, elle le sait, une deuxième fille. Il accroche son imperméable au portemanteau, « mais qu'est-ce que tu as dans le dos, mais qu'est-ce que c'est ? Viens voir… » Il s'approche. Sa veste de laine claire est constellée de taches bleues et noires – de l'encre, c'est de l'encre. Il l'enlève et la regarde longuement, incrédule, puis il s'effondre sur le canapé, la tête dans les mains. Ses élèves ont trouvé ce moyen simple et silencieux de s'amuser : lorsqu'il écrit au tableau ou passe dans les rangs pour les aider individuellement, d'un mouvement sec du poignet ils projettent dans son dos, comme au jeu de fléchettes, un jet de leur stylo-plume.

Le lendemain, il fait une mise au point en classe, il parle de l'humiliation, du mépris, de la tolérance et du respect de l'autre, il dit qu'il ne faut pas salir l'autre – jamais, d'aucune manière.

Lorsqu'il rentre, il ne pense même pas à regarder le dos de sa veste. C'est elle qui voit les taches la première. Elle n'ose pas le lui dire, elle a le cœur broyé, il lui semble que c'est une épreuve dont ils ne sortiront vivants ni l'un ni l'autre.

Le mari refuse tout compromis, il entre en guerre sans céder d'un pouce, il y va de sa dignité : non, il ne s'habillera pas autrement, même si son élégance est l'objet de la haine, il ne changera rien – justement, *il ne se changera pas*, ce serait accepter la négation de lui-même, courber le dos sous l'intolérance qui veut le ravaler à la neutralité, lui faire endosser l'uniforme, le fondre dans la masse, et quelle masse, non il ne substituera pas un T-shirt et un jean à ses costumes-cravates achetés à Londres, il restera lui-même quoi qu'il lui en coûte (« des notes de pressing », dit-elle en s'efforçant de rire), c'est la meilleure leçon qu'il puisse leur donner, la seule chose qu'il ait envie d'enseigner, d'ailleurs : être soi-même parmi les autres.

Tous les jours, pendant des semaines, il a de l'encre sur ses vêtements.

Il ne passe plus au milieu des tables, il écrit peu au tableau, il reste face à eux, il fait front.

À la maison, il ne parle plus, il regarde à peine leur fille aînée encore bébé, oublie la naissance à venir. Il reste prostré des heures, la mâchoire dure, les poings serrés. Il est seul.

Elle lui dit de s'arrêter, de prendre un congé. Elle lui demande d'en informer son chef d'établissement, ses collègues. Elle l'exhorte à écrire au rectorat, à rédiger un rapport.

Il ne fait rien, il répond qu'au collège tout le monde pense comme les élèves, « les collègues en total look Camif », grince-t-il – qu'il est snob et prétentieux en son dandysme vain. Sur son bureau, *Les Hommes creux*, de T. S. Eliot, reste ouvert des jours entiers à la même page :

This is the way the world ends
This is the way the world ends
This is the way the world ends
Not with a bang but a whimper

Elle écrit à sa place à l'Inspecteur Général d'Anglais, elle signe une lettre de détresse, elle envoie pour lui un appel au secours, elle dit qu'il est fragile, qu'ils ont perdu un enfant, qu'il ne peut pas rester comme ça.

Le destinataire répond trois semaines plus tard – la lettre vient de Paris.

« Cher collègue,

Votre épouse s'inquiète gentiment de votre situation professionnelle. Je pense que vous devez examiner votre pratique pédagogique avec lucidité et un certain détachement. Il s'agit d'un nouveau poste, certes un peu difficile, auquel vous devez vous adapter. Il est en effet souhaitable que des professeurs agrégés comme vous l'êtes dispensent leur enseignement aux enfants les plus défavorisés – c'est pour l'école une garantie de démocratie, pour les jeunes un gage de réussite et d'égalité, pour vous une expérience très enrichissante. En outre, je ne veux pas croire qu'on puisse longtemps voir tout en noir lorsqu'on vit au pays de Paul Valéry et de Georges Brassens.

Recevez, cher collègue… »

Deux jours plus tard, se retournant brusquement, le mari surprend un élève bras levé, stylo pointé dans sa direction. Il va vers lui et lui envoie son poing dans l'estomac ; l'autre répond, ils s'empoignent tous deux parmi les tables, au milieu des élèves debout, hurlant, ils se battent à mort.

Le lendemain, le mari met sa plus belle cravate pour aller en cours. Son adversaire est absent. Il n'y a pas d'encre sur sa veste claire, ce jour-là ni les jours suivants. Au loin, là-haut, le soleil brille sur le cimetière marin.

Nous sommes les hommes creux
Les hommes empaillés.

Ceux qui s'en furent
Le regard droit, vers l'autre royaume de la mort
Gardent mémoire de nous – s'ils en gardent – non pas
Comme de violentes âmes perdues, mais seulement
Comme d'hommes creux
D'hommes empaillés.

Le sexe fort

« Visages de la rue, quelle phrase indécise
Écrivez-vous ainsi pour toujours l'effacer
Et faut-il que toujours soit à recommencer
Ce que vous essayez de dire ou de mieux dire ? »

Elle regarde les hommes. Sans doute ne les regarde-t-elle pas exactement comme les hommes regardent les femmes, car elle suppose que seules les plus jolies fixent leur attention, tandis qu'elle ne fait que chercher en eux ce qui fait qu'ils sont hommes : là où ils contemplent la beauté, elle scrute un mystère ; là où ils lisent chaque visage, chaque silhouette dans la singularité de sa passagère présence, elle s'efforce de déchiffrer un sens universel et caché : un secret, leur secret.

Il y a l'homme qui, dans l'avion, travaille sur un ordinateur portable, un rang devant elle, de l'autre côté de l'allée. Il est jeune et déjà chauve, il a des lunettes cerclées d'écaille et tout à l'heure il a lu tout

Libé sauf le Cahier Livres : c'est peut-être un écrivain qui préfère ignorer ce que font les autres. Il tape assez vite sur son clavier, s'arrête de temps en temps pour réfléchir, consulte des notes manuscrites, se pince le haut du nez entre le pouce et l'index, renverse la tête contre le dossier de son siège, yeux mi-clos, reprend sa respiration en un long soupir, recommence à taper. Lorsque l'avion annonce sa descente, une feuille dactylographiée s'échappe de son dossier et tombe dans l'allée : elle la ramasse et la lui rend, non sans en avoir déchiffré à la dérobée la première ligne : « Coûts de production au 1er mars 1998 : cours trimestriel de l'échalote. »

Il y a l'homme qui, dans un autre avion, parle du CAC 40 avec ses associés et refuse d'éteindre son portable parce qu'il attend un coup de fil essentiel du Palais Brongniart. Puis, quand l'hôtesse lui présente une corbeille pleine de bonbons, il fait tourner longuement son doigt en cercles concentriques au-dessus du panier avant de foncer en piqué sur un bonbon orange, et d'un coup, incroyablement, il a six ans.

Il y a l'homme jeune et beau, très blond et pâle dans un pull-over bleu, qui vient à sa rencontre sur le boulevard Saint-Michel, serrant contre lui ce qui, de loin, semble un petit carton à dessin et qui, juste devant elle, à ses pieds, s'affaisse soudain sur les genoux et brandit à bout de bras, tandis que les passants s'écartent, une pancarte où sont écrits ces seuls mots en lettres capitales : J'AI FAIM.

Il y a l'homme qui discute avec un autre dans un restaurant. Il a un visage intelligent, des yeux vifs, de belles mains. Il explique qu'on peut se faire beaucoup d'argent dans ce domaine – elle ne comprend pas lequel, au juste –, « un max de blé », ajoute-t-il, « la super-cagnotte », « le jackpot » ; puis, comme son interlocuteur interrompt enfin l'ingurgitation de sa pizza pour confirmer son intérêt d'un « super ! » avenant, le premier marque un léger temps d'arrêt et lui dit : « Si tu veux, je te vends l'idée. »

Il y a l'homme qui part acheter des allumettes et qu'on ne revoit jamais.

Il y a l'homme qui a défiguré une femme à coups de poings dans un parking souterrain : « J'ai ouvert sa veste et son chemisier, j'ai retiré son pantalon et son slip, j'ai passé ma main sur ses seins, son ventre et son sexe. Elle a pris du plaisir à mes caresses. J'avais l'intention de la baiser, mais la vue de ses blessures au visage m'a empêché de bander », dit-il.

Il y a l'homme qui a violé une jeune fille dans le coma après une tentative de suicide. Ce ne pouvait être que l'infirmier de nuit ou le père venu la veiller pendant son agonie. C'était le père.

Il y a l'homme qui, afin de freiner les carabiniers qui veulent l'arraisonner, jette par-dessus le bastingage du bateau où il est clandestin, un à un, tous ses enfants dans la mer.

Il y a l'homme qui a poignardé vingt fois une inconnue de vingt ans pour lui couper la tête et l'envoyer à son ex-petite amie : « Après l'avoir tuée, j'étais heureux. »

Il y a l'homme qui, ayant renversé une fillette restée accrochée au pare-chocs de son automobile, freine brutalement plusieurs fois pour tenter de s'en débarrasser.

Il y a l'homme qui enterre vivant sous les yeux de sa compagne leur enfant nouveau-né parce que, lui explique-t-il, sa mère, très pratiquante, ne l'aurait pas toléré.

Il y a l'homme qui pratique le fist-fucking avec une lame de rasoir cachée dans le poing.

Il y a l'homme qui insulte, qui tue, qui torture, qui massacre.

Il y a l'homme – les hommes. Elle cherche, pour les comprendre, à voir ce qui les différencie des femmes. Mais le secret échappe. Elle cherche ce qui fait d'eux des hommes, elle tourne autour de ce point :

ils font des choses qu'aucune femme ne fait, ou ils le font différemment d'une femme. Mais elle se désole de ne pas parvenir à dépasser ce lieu commun : leur violence, la brutalité de leur façon d'être au monde, leur passion de dominer – sinon en le conjuguant à ce qui semble faussement son contraire : l'enfance en eux, fragile, attardée, immense, qui est peut-être le vrai nœud de leur sauvagerie – et quelquefois elle se réjouit de n'avoir pas de fils, parce qu'en parcourant l'espace qui sépare la rage de vaincre du désarroi enfantin pour y trouver ce point d'équilibre où se tiendrait l'homme idéal, cet acrobate, elle est bien obligée de l'admettre, malgré son amour : quand il lui arrive d'apercevoir non loin ce point flottant – harmonie funambule entre la force et la faiblesse – et d'y rencontrer quelqu'un, c'est toujours une femme.

Seule avec lui

Les hommes sont séparés des femmes pour toujours.

Vous n'avez qu'à écouter la musique de Couperin – *Les Barricades mystérieuses*, par exemple. Le morceau dure, je ne sais pas, deux minutes…, moins qu'une chanson d'amour, et tout est dit clair comme de l'eau : j'essaie, j'approche, je viens, je reviens, l'air vibre, je dis cela et autre chose, la même phrase ou presque, toujours reprise, nuancée, répétée – *je vous aime*, peut-être ; mais halte, on m'arrête, qui va là, qui es-tu, qui donc es-tu ? – le silence se fait, le mystère demeure.

L'homme, la femme : barricades mystérieuses. Leçon de ténèbres si la nuit peut s'apprendre.

L'acteur

Pendant longtemps, ils ne se revoient pas; ils se téléphonent de loin en loin, s'écrivent peu. Elle lui envoie ses livres. Quand elle perd son enfant, elle reçoit une lettre de lui, reconnaît sur l'enveloppe sa calligraphie somptueuse, les mots sont doux à l'intérieur.

Après leur propre retour d'Afrique, ils font une fête, invitent le ban et l'arrière-ban de la troupe dispersée. L'acteur est là, ils se retrouvent, ils dansent, ils rient, les lumières brillent de tous leurs feux dans l'éclat des souvenirs.

À l'aube, elle dort dans sa chambre, tous sont repartis sauf ceux qui, habitant trop loin, passent la nuit sur place. L'acteur vient se coucher près d'elle, « je vous aime, je vous ai toujours aimée, vous le savez, n'est-ce pas, vous le savez, vous êtes mon ange, le plus bel ange qu'il m'ait jamais été donné de contempler », il lui enserre le visage dans ses mains, « depuis toujours, depuis le début, depuis le premier jour, vous êtes ma fée, vous êtes mon rêve, je sais que vous le savez, bel ange », il cherche un passage sous sa chemise de nuit, entre ses jambes crispées, ses lèvres muettes, « vous vous souvenez, la fois où vous m'avez laissé les clefs de chez vous, vous partiez en vacances, eh bien je suis venu tous les jours m'enfouir dans vos vêtements, vos culottes, votre parfum, tous les jours, ange adoré », il écrase son corps contre elle qui se refuse, quelle heure peut-il bien être, les réverbères dans la rue brillent encore, tout semble dormir, et où est passé son mari ?, « depuis le premier jour, vous le savez bien » – elle n'a plus aucun souvenir du désir.

Elle le repousse, essaie de se lever du lit où il la tient avec force, « arrête, dit-elle, arrête », elle l'appelle par son prénom plusieurs fois, finit par s'en libérer.

Alors il se lève à son tour : « Il y en a qui ont plus de chance que moi, commence-t-il. Non mais tu ne comprends donc rien ? Tu sais où il est, l'Homme Idéal ? L'Époux Parfait ? Va donc voir au garage : ils sont en train de se lécher le cul, la soubrette et lui, tu devrais y aller, il lui suce la chatte, elle lui bouffe la queue, non mais vas-y, va voir au moins... Il tire sur tout ce qui bouge, le salaud, pendant que moi... Et toi qui joues les Pénélope ! Au moins, venge-toi, merde, vengeons-nous.

Ils restent longtemps immobiles, se regardent.

Elle s'avance dans un rai de lumière :

– Comment cela s'appelle-t-il quand le jour se lève, comme aujourd'hui, et que tout est gâché, que tout est saccagé, et que l'air pourtant se respire... ?

Il lève les bras vers les rideaux :

– Cela a un très beau nom, femme Narsès. Cela s'appelle l'aurore.

La scène s'éclaire lentement, chacun voit jour en l'autre. Puis c'est le noir.

Seule avec lui

En ce moment, j'essaie de faire des rencontres ; c'est un peu volontariste, mais agréable aussi – un libertinage sans horizon, une promenade sans but : je vague.

Je lis les petites annonces, je ne baisse pas les yeux sous les regards, je renoue des liens anciens. Je laisse approcher les hommes.

Le week-end dernier, j'étais à Orléans pour un Salon du Livre. La première nuit, il y a eu un quiproquo à l'hôtel où je logeais : quand je suis rentrée, vers minuit, le veilleur m'a dit : « Ah ! votre clef n'est pas au tableau, quelqu'un a dû déjà la prendre. » J'ai ri, j'ai répondu que normalement j'étais seule mais que je remercierais le directeur de l'hôtel pour cette charmante attention. Il a ri en rougissant, puis il a retrouvé la clef.

Le lendemain soir, après une journée mortelle, j'indiquais d'un air las mon numéro de chambre – le veilleur m'a proposé un café, un thé ; j'ai accepté.

Quand il m'a caressé les cheveux, je me suis retournée aussitôt pour voir ses yeux. Il y a une science de l'inconnu : il faut savoir lire les yeux – ni les mains, ni les mots : les yeux.

Le pire des hommes, pour moi, l'homme abject, c'est celui qui méprise le désir des femmes. Je ne parle pas de celui qui refuse une femme parce qu'elle ne lui plaît pas ou parce qu'il aime ailleurs ; je parle de celui qui, la désirant, méprise le désir qu'il suscite. Alors vous voyez dans ses yeux qu'il a vu dans les vôtres, ah c'est ça que tu veux, toi, c'est ça qui t'intéresse – une sorte de lueur mesquine qui vous perce comme une dague ou vous met sur le visage un masque de pierre, vous ne pouvez plus sourire, vous n'avez plus de visage. J'ai déjà vu cet éclair-là, souvent, même chez des amants sérieux, aimants – ce mépris du sexe en moi, l'horreur de la blessure, de ce que je suis, même chez ceux qui m'aiment, oui, ça vient de très loin, de derrière l'amour, comme si la haine n'en était que l'envers, la face cachée, la haine de l'autre qui l'oblige à être ce qu'il est – et il vous méprise comme il se hait lui-même, et ses père et mère, et la terre avec. Rien ne semble alors plus ténu que la frontière entre le désir et le désir de tuer, et rien n'éloigne et ne rapproche plus les hommes des femmes que cette peur quasi commune qu'ils éprouvent et qui les lie en les séparant : la frayeur du meurtre. Effacer l'autre, le vaporiser dans l'étreinte, je ne sais pas, moi, l'annuler, supprimer son corps désirant, son âme exigeante, abolir l'écart dans la mort, réduire à rien la différence, l'écraser, l'oppresser, la liquider, oui, voilà, la liquider dans le sang. C'est ce que je vois, parfois, dans leurs yeux. Le meurtre, chez l'homme, c'est tout près, c'est juste sous la peau, frémissant, c'est au bord des yeux comme le désir, à fleur de tête. Le meurtre, en un sens, n'est qu'une figure du désir : c'est l'envie de *vous le faire passer*.

Quand on voit ça dans des yeux d'homme, il faudrait fuir, bien sûr, évidemment fuir. Souvent, on reste. Les femmes cherchent l'homme de leur vie, mais parfois il ressemble à l'homme de leur mort, c'est le même, parfois.

Le particulier

Le particulier est joli garçon sportif élégant raffiné classe sensuel dynamique tendre attentionné protecteur sincère intuitif cool généreux authentique optimiste profond courtois grand mince humaniste passionné beau curieux sensible amateur d'art simple romantique entier spontané ouvert libre très libre libre entre midi et deux volontaire discret cérébral doué pour la vie actif sympa chaleureux non fumeur de gauche divorcé marié juif non pratiquant viril croyant subtilement sévère aisé analysé plein d'humour enthousiaste anticonformiste idéaliste tolérant souriant décontracté distingué équilibré esthète épicurien bien dans sa peau bien dans sa tête bien sous tous rapports.

Le particulier aime les voyages la randonnée les vraies valeurs la vie la mer le sport les arts le cinéma les sorties la peinture la musique la photo les livres les enfants le bridge le ski le yachting la qualité de vie la brocante les valeurs humanistes le théâtre les expos les gros seins les relations de qualité la nature.

Le particulier cherche désire souhaite rencontrer espère attend recherche belle femme sensuelle jolie gourmande complice coquine tendre fine sexy dompteuse experte mince féminine rayonnante sincère porteuse piercing sexe voluptueuse jeune vive ronde bien proportionnée séduisante partenaire sans préjugés muse craquante blonde nordique douce sensible affectueuse libérée libre ou peu mariée tonique libertine latino flamboyante passionnée câline enjouée romantique bien bustée chipie élancée galbée métisse bienvenue malicieuse piquante raffinée pin up éblouissante gaie délicate amoureuse âme sœur

pour relation de qualité belle histoire moments d'exception vie de couple instants d'ivresse amour fou complicité intelligente joies érotiques addition voire multiplication liaison engagement sincère escapades amoureuses connivence réelle amitié durable harmonie douillette rencontres sensuelles calme et volupté initiation ludique belle surprise libido intense vagabondage complice vie à deux câlins tantrisme romance au clair de lune moments à définir été/hiver

pour partager joie et volupté évasion loisirs émotions fous rires plaisir amour passion vie passionnante vie et bonheur idées idéaux liberté tout partager

pour décliner plaisirs vivre nouveau millénaire atteindre amour d'avenir construire et entreprendre découvrir extase retenir à jamais flamme vie faire de nos vies une poésie aimer sans contraintes prendre autoroute du bonheur vivre à fond recevoir/donner construire amour sans routine faire les 400 coups refaire la vie vivre passion atteindre nirvana 7e ciel extase et plus si affinités.

Le lecteur

Le lecteur n'est pas un. Il offre, au gré des jours et des livres, ses visages changeants.

Le lecteur vous écrit. Il vous a entendue à la radio, ou, plus probablement, il vous a vue à la télévision ou en photo dans un magazine, il vous a vue et il a eu envie de vous écrire (de vous lire, il ne le dit pas : il est clair que le lecteur ne lit pas, quelquefois). Alors voilà : il s'appelle Bruno, il a vingt-huit ans, étudiant, il travaille à mi-temps comme bibliothécaire (vous aussi, n'est-ce pas ?) afin de financer ses études, il ne se plaint pas car cet emploi lui permet de rencontrer beaucoup de gens différents – c'est important, les rencontres –, et puis il aime la compagnie des livres, il a une passion pour ces volumes chargés d'histoires – c'est important, la passion. Il sait que vous êtes comme lui, passionnée (il cite une phrase de vous, tirée non pas d'un de vos livres mais de l'interview que vous avez accordée à un hebdomadaire de grande diffusion – c'est important, la diffusion : la preuve...), et si vous avez un moment, il serait heureux d'en parler avec vous autour d'un verre ou d'une paella – il fait très bien la paella car (il est comme vous) il a vécu des années à l'étranger – c'est important, les voyages, il a aussi la passion des voyages, de la découverte, des échanges. Il vous laisse son adresse, son téléphone, son e-mail, son portable (vous êtes sans doute impatiente de le joindre, d'échanger avec lui vos impressions).

Le lecteur vient vous voir. Il était avec vous à l'école primaire, rue Jeanne-d'Arc, est-ce que vous vous en souvenez ? Il a constitué un press-book des articles parus sur votre compte, qu'il vous montre en même temps que la photo de classe, il est là, au fond à droite, derrière la mappemonde.

Le lecteur vous parle, il a demandé le micro. Dans votre dernier ouvrage, vous déplorez la désaffection des jeunes pour la lecture, vous êtes documentaliste dans le second degré, c'est ça ?, lui a été professeur (plus maintenant : il a été promu) et peut vous assurer que ça marchait du feu de dieu, qu'il a fait lire Voltaire, Rabelais, Racine et Corneille à des foules enthousiastes de 4e d'insertion, que simplement il faut savoir s'y prendre mais que, bien sûr, ça n'est pas donné à tout le monde, d'ailleurs – à ce moment il se lève et tout le monde peut voir que le lecteur est un bel homme d'environ trente-cinq ans (plus jeune que vous, donc), bien tourné, bien vêtu, bien sous tous rapports (bien mieux que vous qui êtes venue précipitamment après votre journée de travail et n'avez même pas eu le temps de vous recoiffer avant de monter sur l'estrade et de vous asseoir devant votre bouteille d'eau pour témoigner de la vitalité de la littérature), d'ailleurs, ajoute-t-il, debout, parlant bien dans le micro, vous évoquez la sensualité des mots, le contact charnel avec eux, vous avez dit tout à l'heure : « érotique », mais moi, là, quand je vous regarde (il vous regarde : vous êtes en gris, vous avez fait une tache sur votre pull en buvant votre thé trop vite à la cafétéria de l'autoroute, vous sentez la transpiration), vraiment, désolé de vous le dire, mais l'érotisme, je ne le vois pas du tout, là.

Vous restez digne (*je parlais des mots, abruti, du contact des mots, pas de ta petite gueule*), vous répondez : « Monsieur, si j'avais su que vous viendriez, j'aurais mis mes bas résille. » Vous mettez les rieurs de votre côté, mais vous vous jurez que jamais, jamais plus vous ne donnerez réponse au lecteur – ni semblable ni frère –, au lecteur ennemi.

Le lecteur vous écrit – il n'a pas l'habitude, en réalité il ne l'a jamais fait, mais là, un élan irrésistible l'anime, un besoin tout à fait neuf, depuis qu'il a lu votre dernier roman. Il s'appelle Bruno, il a vingt-cinq ans, il est étudiant, il se reconnaît dans votre personnage masculin, c'est tout à fait lui, ce côté passionné, amoureux, il est comme ça, lui, il cherche la femme idéale, qui le comprenne – et là, c'est formidable, dans votre roman il s'est senti compris, il aimerait vous rencontrer – il est bibliothécaire à S. mais il peut se déplacer où vous voulez, quand vous voulez, il vous laisse ses coordonnées ; si vous lui répondiez vous pourriez lui signaler que vous les aviez déjà, qu'il y a du désordre dans son fichier « Auteur(e)s », qu'une mise à jour s'impose, mais que néanmoins vous le félicitez d'avoir perdu trois ans depuis son précédent courrier – une cure de jouvence, sans doute ?

Le lecteur vous remercie. Il vient de lire près de la moitié de votre livre debout sur le trottoir devant la librairie, il l'a ouvert machinalement en sortant après l'avoir acheté sans raisons précises, et il vous l'écrit aussitôt sur un coin de table, dans le café où il est allé s'asseoir, rompu par l'émotion : merci pour ce livre, merci pour ce moment de profonde humanité. Il signe de son prénom, n'indique ni son nom ni son adresse, et vous le regrettez, car il a cette prévenance discrète de l'anonymat qui vous donne envie, bien sûr, de le connaître – et lui seul.

L'auteur, malgré la formule consacrée, ne rencontre jamais ses lecteurs. Elle en est sûre. Ce qui les tient éloignés d'elle à jamais, c'est l'illusion où ils sont de la connaître, de la saisir à travers ses paroles ; c'est le leurre de la vérité qui creuse entre elle et eux la plus infranchissable des distances. Elle ne rencontre pas ses lecteurs. Ses lectrices, si, quelquefois, quand il lui semble qu'elles ont l'expérience de cette faille qui mine le terrain d'entente, qu'elles savent la limite de cette relation qu'elles ébauchent pourtant simplement. Ses lecteurs, jamais : elle les fuit comme on fuit le souvenir de la douleur ou la certitude de l'échec, comme on fuit la vanité des hommes et la peur d'être seule, seule parmi eux, seule avec eux.

Aux hommes qu'elle veut séduire, aux parfaits inconnus pour qui elle est une inconnue, elle ne dit jamais qu'elle écrit. Elle ne cherche pas de lecteurs, elle préfère qu'on lise dans ses yeux.

L'élève

L'élève n'existe qu'au pluriel, c'est un jeune homme collectif, une collection fluctuante. Tous les élèves forment l'élève.

Quand elle avait vingt-deux ans, l'élève en avait dix-sept. Un siècle peut passer, il les aura toujours. C'est pourquoi l'élève ne supporte que cet article qui le désigne tel qu'il est : défini, notoire et éternel : l'élève, c'est la Joconde – un tableau dans un musée, un buste dans le département des œuvres sculptées, une statue. Elle se souvient d'un Hermès nu, au Louvre, qui, avant d'être entouré d'un cordon protecteur, avait été si souvent touché, caressé, effleuré, qu'à l'endroit du sexe la pierre était usée, polie, presque plane, si bien qu'il ne proposait plus au désir que deux postures : ou bien l'on regrettait de ne pas pouvoir tendre la main pour toucher ce corps, comme les autres, ou bien l'on acceptait qu'il soit, quoique contemporain dans l'espace, présent, dessiné sous nos yeux, l'on acceptait qu'il soit d'un autre temps, éternel et beau, intouchable.

Quand l'élève écrit ou lit, visage penché sur quelque immensité, elle le regarde, elle plonge dans ce plaisir, ce délice : une visite au musée. Elle l'observe de dos, ses épaules, sa nuque, au printemps ses bras sous les manches courtes ou relevées, le geste de sa main vers la tempe, son cou. Quelquefois il la regarde, elle croise des yeux où le peintre a mis tout son art – c'était il y a longtemps mais le corps est vivant et charmant le sourire.

Elle a pour l'élève cette sorte d'amour sublime qui naît tout à la fois de la beauté et du sentiment térébrant de la vanité du désir ; elle ne tend pas la main pour toucher le mystère ; souvent, d'ailleurs, l'œuvre s'animant, des paroles franchissent ses lèvres pleines, dont la dérisoire platitude ou la modulation niaise suspendent le geste amoureux comme brise vos rêves secrets la moustache de Mona Lisa.

Le premier amour

Elle lui téléphone un dimanche matin – elle est seule chez elle, triste, l'un de ces jours où le passé scintille comme un trésor à déterrer dont l'annuaire serait la carte. Il n'a pas changé d'adresse, seulement multiplié les moyens de communiquer – fax, e-mail, il est très facile à joindre, à rejoindre.

La sonnerie retentit longuement, il est près de midi, elle imagine qu'il est parti en week-end, où, avec qui, elle ne sait rien de lui, elle regrette de ne pas même entendre sa voix, mais curieusement il n'a pas de répondeur. Il décroche à ce moment-là, elle ne reconnaît pas ce timbre enroué, cette modulation ennuyée, mais c'est lui. « Tu dormais ? », dit-elle après s'être présentée, tu dormais ?, comme s'il n'y avait pas des années qu'elle avait dévalé son escalier pour ne plus apparaître jamais dans sa vie qu'en photographie, est-ce que tu dors, mon premier amour, est-ce que tu dors toujours à la même profondeur merveilleuse, on le dirait bien, oui, tu n'entendais pas les orages, rien ne te réveillait, je me souviens, qu'une caresse du bout du doigt sur l'arc des sourcils. « Ah ! c'est toi », marmonne-t-il dans un soupir pas aimable, « il est midi », dit-elle, moins pour s'excuser du dérangement (il n'est peut-être pas seul, il a peut-être ramené une fille chez lui hier soir) que pour justifier logiquement son appel : avec stupeur elle s'entend prononcer cette phrase d'un ton de reproche emphatique, « il est midi », comme si elle était exacte à quelque rendez-vous fixé de longue date et pas lui, lui pas scrupuleux, pas rigoureux, malhonnête, oublieux, et – non, se dit-elle soudain (il faudrait pouvoir raccrocher), plutôt comme si, dévalant l'escalier il y a des années, j'avais voulu atténuer sa déception, masquer ma fuite en lançant du bas des marches, vaguement, ce rendez-vous léger : « Je t'appellerai demain à midi » – et peut-être l'a-t-elle fait ce jour-là, elle ne parvient pas à se souvenir, peut-être lui a-t-elle vraiment dit « demain à midi », et dix ans plus tard elle appelle, voilà c'est moi, il est midi.

Le premier amour est éternel, le temps ne passe pas, c'est le principe amoureux. L'histoire n'a pas la forme d'un convoi dont les wagons en mouvement éloigneraient toujours davantage la gare et ses mouchoirs, mais celle d'un conte de bonne femme où l'on pourrait, sans même avoir à traverser des forêts épaisses, retrouver endormi l'homme aimé, l'amoureux, il nous attendrait là, le visage tout empreint de confiance en nous, les bras déliés dans l'abandon du sommeil, il s'éveillerait sous nos mains, sous nos lèvres, ce prince au charme immobile, cet ange de patience pour qui cent ans ne sont rien, « c'est vous », dirait-il en ouvrant les yeux, vous vous seriez fait attendre, il est vrai, mais il vous aimerait tout comme au premier jour, de cet amour sans fin dont sont faits les rêves d'enfant.

L'inconnu

Ce qu'elle attend de l'inconnu est immense et infime. Elle attend de lui qu'il la découvre et la dévoile comme l'éclaireur envoyé en avant sur une terre étrangère ; qu'il la nomme et la reçoive dans ce temps qu'ils partagent, comme l'homme fait pour l'enfant né de lui ; qu'il soit tendre et généreux comme si elle lui avait sauvé la vie. Pour l'inconnu elle est sans lieu, sans nom, sans peur ; elle n'a ni liens, ni lois : pour l'inconnu, elle est inconnue. Pourtant, dès l'instant qu'il approche, il acquiert plus de savoir qu'aucun autre ; faisant l'amour, il la connaît puisqu'il la reconnaît – c'est elle, c'est cette femme qui dans ses bras se souvient de lui comme on retrouve un mot oublié. L'inconnu ne sait rien d'elle, mais il sait qui elle est, il la confirme dans son identité et l'assure dans son être. Elle ignore tout de l'inconnu, mais elle le connaît, oh oui, elle le connaît comme si elle l'avait fait.

Dans l'acte sexuel avec les inconnus, elle cherche et elle trouve ce sentiment mutuel qu'avec le temps, souvent, on nomme *l'amour* et que, dans l'instant où les corps sont touchés par une émotion qu'ils éprouvent et suscitent à la fois, elle appelle simplement, comme on dit « merci » ou « bonjour » ou « c'est toi », *la reconnaissance.*

Seule avec lui

Je suis d'une moralité douteuse, vous savez : *je doute de la morale des autres*.

La fidélité, c'est une idée creuse, une vanité aveugle, comme si on tenait quelque chose, comme si on se croyait immortel, comme si on l'était.

Au fond, je me suis mise à aimer les hommes comme j'aime mes enfants – mes filles : quand je les serre dans mes bras, depuis l'enfance, depuis qu'elles sont toutes petites, je sais que cette chaleur m'abandonnera, que ces corps que je caresse de tout mon amour me quitteront et que je ne saurai même plus où les retrouver, je sais qu'elles s'en iront, depuis le début je connais cette absence logée au creux des bras les plus tendres, cette solitude où l'autre nous laisse, même s'il nous aime, où il finit par nous laisser, même s'il revient, cette solitude qui est aussi la sienne, sa différence irréductible.

C'est aussi ce dont je jouis dans l'amour, dans toutes les formes d'amour : je jouis de la présence physique, je jouis du présent et du corps. Oui, les hommes sont comme de grands enfants. Ils partent, je ne les retiens pas. Ils sont libres – ils prennent des libertés, il n'y a pas d'amour, il n'y a que des preuves d'amour, n'est-ce pas ? Le corps est la seule preuve d'amour – ou plutôt non, non, pas la seule : les hommes libres peuvent partir, et quelquefois ils restent – voilà la plus belle preuve d'amour : prendre la liberté de rester alors qu'on pourrait s'en aller.

Je crois que c'est une idée juste, comparer l'amour des hommes à celui des enfants. La fidélité qu'on exige d'un amant, d'un mari, la monogamie de la chair sous prétexte qu'il a été en nous, dans notre ventre, est-ce qu'on la demande aux fils et aux filles, est-ce qu'on demande à un enfant de rester fidèle à sa mère parce qu'il a habité son ventre, est-ce qu'on exige de lui, éternellement, cette reconnaissance-là, stupide et vaine – la reconnaissance du ventre ? Partez, allez, partez, je sais que vous m'aimez – pourquoi ajouterais-je les liens du sang et de la peau aux mille chaînes qui nous attachent déjà ?

Le mari

Elle aime voir le mari jouer avec les enfants, les filles, « alors les filles, qu'est-ce qu'on fait? », dit-il. Elle les regarde s'emparer du corps de leur père, l'assaillir, lui grimper sur le dos, se jeter à son cou, dans ses bras en criant. Le père se laisse faire, il prête le flanc à tout, elles lui tirent les moustaches, lui sautent sur le ventre, le rouent de coups – le père est un terrain conquis.

Chaque fois qu'elle regarde ses filles, elle aime son mari. Elle aime les ressemblances entre elles et lui, même les défauts, tout lui est agréable. Elle comprend que les gens restent ensemble « pour les enfants », elle comprend parfaitement, c'est une raison tout à fait suffisante à ses yeux. Elle n'est jamais blasée de cette perpétuelle surprise, de cette merveille qu'un homme a rendue possible : les filles, leurs yeux bleu nuit. Faire l'amour, faire un enfant, est-ce que ça ne suffit pas largement à justifier les nœuds du mariage, à les maintenir serrés? Est-ce qu'on ne doit pas, toujours, pardessus tout, savoir gré à l'homme de ce qui est tout de même un don, on a beau dire, un don de soi, est-ce qu'on peut oublier ce qu'il a donné, ce qu'il a bien voulu donner, est-ce que ce serait juste ?

Elle ne trouve pas stupide la vieille expression désuète : « le père de mes enfants », il lui semble que c'est même une bonne façon d'exprimer au plus juste ce lien entre eux, et que ne l'aimant plus elle l'aime encore. Peut-être le mari n'est-il plus l'homme de sa vie. Mais quand elle le voit qui s'écroule comme terrassé sur le tapis, assiégé, quand elle contemple leurs trois corps qui courent vers la mer en poussant des hurlements, et les filles qui nagent en respirant comme il leur a appris, leurs gestes purs, leur cœur battant, elle l'aime encore, elle l'aime toujours, parce qu'il est le père de ses filles, parce qu'il est, au sens strict, l'homme de leur vie.

Le père

À soixante ans, quelqu'un propose au père de lui racheter son cabinet. Il n'a pas l'âge de la retraite, mais il accepte – il en a assez des chicots, du bruit de la fraise et des relents d'ail. Il vit seul dans un deux-pièces, il se contentera de peu en attendant sa pension.

À soixante ans, soudain, quelque chose s'entrouvre dans la vie du père. On dirait qu'il devient heureux.

Il s'inscrit à toutes sortes de stages, se met au rafting, au parapente, à l'ULM, au motoneige, fait du saut à l'élastique, du canyoning, du monoski. Elle se dit quelquefois, ce n'est pas possible, il cherche à mourir. Elle pense à son grand-père qui continuait à tant fumer après ses infarctus. Elle ne sait plus où est la vérité sur les hommes : si c'est qu'ils ne craignent pas la mort ou bien qu'ils se croient immortels.

Le père prend des leçons de pilotage à l'aérodrome, il vole en planeur, rapporte chez lui les manuels d'instruction, passe son brevet. Désormais il est tous les jours sur le terrain, volant à la belle saison, réparant les carlingues en hiver, sous les hangars glacés. Il est secrétaire bénévole du club, mécanicien sur le tas, il offre des baptêmes de l'air et campe sous la tente au pic Saint-Loup avec des adolescents à qui il raconte des histoires de Jean Rigaut dans un tonnerre de rires.

À soixante-cinq ans, il se met à la voltige, prend des cours de loopings et de piqué. Il ne parle plus que de ça – l'ivresse du ciel, la liberté, la joie de s'envoyer en l'air – *toute ma vie j'ai rêvé…*

Ce jour-là, il est venu la voir chez elle, les filles sont à la piscine avec leur père, ils sont assis dans le jardin, il y a plus d'une heure qu'il évoque son dernier stage à Saint-Crépin et les sensations qu'on éprouve à voler si près des montagnes. Elle l'interrompt pour lui demander quand c'était – le week-end dernier ?

– Non, dit-il. Le week-end dernier je n'ai pas volé. Je suis allé à l'enterrement de ma mère.

Elle voudrait retenir cette phrase qui lui échappe, elle a comme un masque de clown blanc sur la figure :

– Ah bon !, dit-elle, ta mère est morte ?

Il est allé à l'enterrement, il a beaucoup hésité mais finalement il y est allé. Il a vu là-bas ses demi-frères et sœurs, oui, sa mère a eu d'autres enfants, après, avec…

– Et lui, ne peut-elle s'empêcher de demander (elle ne demande jamais rien à son père, mais là, c'est l'occasion, sinon elle ne saura jamais), et lui, son…, enfin le père de ses… (lui, oui, lui pour qui cette femme a tout quitté, lui, qui était-ce, quel genre d'homme était-ce, quel est le genre d'homme pour qui part une mère ?) – et lui, il était là ?

– Lui ? Non. Il a dû mourir avant elle. Elle avait quatre-vingt-cinq ans.

– Mais lui, qu'est-ce qu'il faisait dans la vie, comment, enfin, est-ce que tu sais comment ils s'étaient rencontrés ?

– Ça, non, je ne sais pas. Il était dans le commerce, je crois, c'est ce que ma mère m'a dit quand elle est venue à la maison, tu t'en souviens sans doute – il y a plus de vingt-cinq ans ! Mais je ne suis pas sûr – lui, je ne l'ai jamais vu.

Il se tait un long moment, il se ferme, puis soudain, comme si la mémoire lui revenait d'un coup à sa propre surprise, il pointe l'index vers elle qui dissimule derrière sa tasse de thé une rougeur brûlante et lui dit :

– Non, lui, je me rappelle, ce qui l'intéressait, sa passion à lui, depuis toujours paraît-il – une tête brûlée, ç'a été l'expression de ma mère –, sa passion, c'était les avions : il était pilote.

Seule avec lui

Vous le croyez vraiment ? Vous croyez vraiment que je viens faire ma « thérapie conjugale » toute seule bien gentiment deux fois par semaine pour essayer d'arranger les choses, de colmater les ruines ?

Je viens parce que j'ai rendez-vous – je viens pour avoir rendez-vous, parce que j'ai besoin de vous. Je viens parce que j'ai rendez-vous et que je m'y rends, je me rends à vous, c'est tout.

Bien sûr, vous vous dites – je vous entends, j'ai l'impression de vous entendre –, vous vous dites : ce n'est pas moi, ce n'est pas à moi qu'elle parle, ce n'est pas moi qu'elle regarde ; le transfert, l'autre scène, oui oui, j'ai de vagues notions.

Ce doit être pénible de ne pas être aimé pour ce qu'on est, de toujours être l'Autre, jamais Soi-même. D'en faire profession, ce doit être atroce.

Mais moi, c'est à vous que je parle, c'est vous que je regarde. Je ne suis pas grand maître du Tao, moi : je n'évite pas de choisir. Je sais ce que je fais, je sais ce qui me regarde. C'est vous, ce ne peut être que vous.

Le père

Peu après les obsèques de sa mère, le père lui téléphone – il a quelque chose à lui annoncer : il va se marier.

Elle ne dit pas, comme lui autrefois : « Contre qui ? » Elle ne dit pas qu'elle, justement, va divorcer. Elle sent qu'il ne faut rien enlever à la gravité joyeuse de l'instant, et qu'il convient simplement de regarder le père comme un fils qui partirait de la maison vivre sa vie. N'a-t-il pas dit, d'ailleurs : « Je vais me marier » et non « me remarier » ? On ne refait pas sa vie à soixante-quinze ans, non, mais on peut bien la commencer.

Elle se souvient qu'enfants, sa sœur et elle se cachaient sous la table de la salle à manger pour essayer d'apercevoir par en dessous ce que le père dissimulait derrière la serviette dont il ceignait ses reins au sortir de la douche. Elles n'avaient jamais rien pu distinguer – il n'y avait peut-être rien, peut-être que quand ça ne servait plus, on coupait, il y a des religions qui l'exigent, les protestants aussi, peut-être ? – elles ne savaient pas.

Ce mystère l'avait hantée longtemps, elle, à cause de cette phrase qu'il prononçait quelquefois avec une légèreté dont s'alourdissait le secret : « Tu étais encore dans les couilles de ton père. »

Elle avait tenté de se représenter cet avant, cet amont de sa naissance, ce lieu antérieur au ventre maternel, ce giron viril où ils s'appartenaient, le père et elle – cette mâle origine. Bien sûr elle n'avait jamais pu, sa sœur devait avoir raison, on les coupait quand plus nécessaires, les bijoux de famille : la troisième fille étant morte à la naissance, elle avait été la dernière à habiter vivante le sexe du père de manière à faire durer cet amour, à l'incarner. Certes, elle n'était pas tout à fait la seule, il y avait Claude, aussi – pas la seule, mais la dernière, et n'est-ce rien que d'être le dernier amour de son père ?

Eh bien voilà, elle n'est ni la seule ni la dernière. Celle-ci a cinquante ans, trois enfants, toutes ses dents – elle est assistante dentaire, c'est d'ailleurs dans son propre cabinet qu'il l'a connue trente ans plus tôt, elle effectuait un stage de six mois, elle était déjà amoureuse de lui à l'époque, sûrement, mais rien n'était possible alors (rien, l'amour). Par chance, le hasard les a remis en présence, il l'a croisée dans un café, il l'a reconnue, et voilà – ils se marient dans huit jours.

Elle apprend tardivement ce qu'il y a depuis toujours sous le pagne du père : rien des bijoux précieux qu'elle croyait le secret jalousement gardé des hommes, mais ce rêve chevillé au corps, cette passion fixe dont elle s'imaginait sa mère seule atteinte et dont il lui faudra, vaille que vaille, prolonger le double héritage : aimer, être aimé.

Le mari

Le mari va mal. Il ne lève pas la tête quand elle entre, il regarde par la fenêtre où ruisselle lentement une pluie presque normande, il pose sur le jardin un regard fixe et bleu de Viking au bord du naufrage, « une voie d'eau dans le drakkar », se dit-elle en ôtant son manteau, mais elle a tort, ce n'est pas une voie d'eau, c'est un trou.

La femme dont il est l'amant depuis plusieurs mois est enceinte. Elle ne prenait pas la pilule, non, elle se croyait stérile – une endométriose persistante, les trompes bouchées, enfin bref, voilà le résultat.

– Et tu..., dit-elle en s'asseyant face à lui – elle voit son profil de barbare, sa joue où palpite un nerf tendu, tandis que l'autre côté du visage, dans la vitre, est noyé sous les pleurs.

– Et je n'ai aucune envie qu'elle ait ce gosse, alors là vraiment pas la moindre, tu peux me croire.

– Et elle ?

Le mari se tait, et dans ce pan de silence un enfant prend forme, elle le voit, elle se sent saisie d'une sorte de gaieté, elle le voit dans ses bras comme si c'était fait. Dix ans plus tôt, la fureur aurait glacé ses mâchoires et crispé ses poings ; à présent, tout a la familiarité d'un bonjour, les choses sont simples comme la vie et la mort : une épure aux lignes claires, un tracé net et pur dessine un monde où les hommes font des enfants aux femmes, où les mortels s'efforcent de conjurer la mort.

– Elle va avorter.

Il n'en veut pas, c'est tout, qu'est-ce qu'il en ferait, de toute façon, et pourquoi, surtout, pourquoi ? Il fait l'amour, lui, bon d'accord, très bien, elle lui plaisait, il la voulait, il l'a eue, il est content – c'est une chic fille, d'ailleurs, il l'aime beaucoup, mais rien de plus, point final.

Ce n'est tout de même pas elle qui va le persuader de dire oui ?

Elle ne sait pas – elle murmure une platitude, quelque chose comme « Il faut prendre ce qui vient » ou « C'est la vie » ou « Réfléchis ».

– La vie ! non mais arrête... La vie !

Alors il parle. Et il lui semble que ses paroles mesurent les abîmes.

Ce qu'il aime des femmes, c'est la distance qu'elles mettent entre elles et lui afin qu'il la franchisse. Il est joueur, il relève les défis, il est chasseur, il veut vaincre. Ensuite (elle sait bien), il y a le plaisir, l'oubli de soi dans l'autre, un instant. Mais il n'a rien d'autre à offrir – rien, c'est tout réfléchi.

Elle se souvient de ses bras autour de sa taille, cette toute première nuit où, après avoir longuement fait l'amour, ils avaient dansé un slow dans la soirée finissante, parmi les verres vides, les cendriers pleins et l'odeur des corps épuisés. Elle flottait, portée par sa confiance en lui, muette, aveugle, sourde à ce qui n'était pas les battements de leurs cœurs.

La vie – la vie ! Elle n'y est vraiment pas, elle ne comprend donc pas : la vie ne le concerne pas, pour une raison très simple, c'est qu'il est mort. En dehors de la joute amoureuse, tout lui devient dégoût, refus, horreur ; par exemple, il hait la pourriture de la chair, tout ce que le corps contient d'intestins, de boyaux, de merde, il y pense tout le temps. « Elles sont bien gentilles avec leur amour, mais quand j'ai envie de chier, qu'est-ce qui se passe, où je me mets ? Eh bien je n'ai qu'une pensée : fuir, disparaître avant que les odeurs ne gagnent, les gaz, les puanteurs, l'haleine lourde, il faut que chacun se retire pour se soulager de sa misère, et elles me serrent dans leurs bras, « et ne pars pas, et reste encore un peu » – et moi je devrais déjà être parti, déjà les avoir quittées dans ma splendeur, dans l'accord parfait, avant que ça retombe, avant qu'on crève, parce qu'on crève, tu es au courant ? – alors un enfant maintenant, vraiment ce serait de la folie, je ne peux plus être père d'un enfant maintenant, déjà avec les miennes je m'en sors tout juste, non, plus maintenant, plus assez de vie, plus assez de foi – même si toi, tu me le demandais, toi, toi. Je peux juste baiser, et encore, si on se tait, si on accepte de se taire, alors là oui, je peux encore faire illusion, faire semblant, faire l'amour comme si j'étais en vie. Mais c'est faux, rien n'est plus faux – je peux bien te le dire, à toi qui comprends tout (ne le répète pas) : je suis un mort qui jouit.

Seule avec lui

Alors j'ai pensé – je ne l'ai pas dit, mais j'ai pensé : je préférerais un vivant qui aime.

Les hommes sont toujours plus enfoncés dans la mort. Quel crime ont-ils commis pour vouloir s'en délivrer dans l'oubli ? Est-ce un pays, est-ce une patrie où il leur semble qu'ils vont quitter leur corps, un jour, s'en défaire un peu mieux que dans la violence ou l'amour ?

André

Un matin, très tôt, sa mère l'appelle. André est mort dans la nuit, il a crié, elle a allumé la lumière, il était mort. Elle ne peut pas rester seule avec le cadavre, c'est impossible, le cadavre d'André.

Elle prend le train aussitôt, il pleut, il neige, elle traverse la France entière. Ses pensées vont aux morts qu'elle a déjà vus dans sa vie – son bébé, sa grand-mère. D'homme, jamais – elle n'est plus rentrée dans la chambre du grand-père après le soir des poèmes, elle a gardé le souvenir d'un parfum de tabac et d'une barbe de trois jours qui lui donnait l'air d'un baroudeur averti du danger des voyages, et passant outre ; plus tard, elle s'en souvient, on lui a dit qu'il avait souffert le martyre à cause d'un priapisme incessant, et qu'il montrait à l'infirmière son membre énorme et turgescent, la prenant à témoin que le mort avait de beaux restes, si le cœur lui en disait, tandis que sa femme tentait de persuader le prêtre qu'il avait mal entendu et que le moribond ne l'avait pas traité de couille molle.

Les paysages défilent sous ses yeux, les vergers, les vignobles, les prés, les villes, les centrales dont la fumée crépusculaire évoque la crémation du monde, les gares où des vivants se retrouvent, se séparent. Si, elle a vu un homme mort, bien sûr que oui, comment a-t-elle pu l'oublier, elle l'a vu si souvent : son mari mort, étendu sur une table haute à roulettes comme on en voit dans les morgues, son amour muet immobile, traits figés dans la tristesse, un semblant de rancœur peut-être, comment savoir, les yeux fermés ? Elle l'a vu cent fois les premières années, mort fini disparu, chaque fois qu'il avait cinq minutes de retard elle lui prêtait l'éternité, voilà c'était fini, plus jamais il ne la serrerait dans ses bras, il était parti dans le décor avec l'un de ses bolides, elle se mettait à pleurer, et quand il ressuscitait au fond du couloir, ses clefs à la main, elle se précipitait contre lui, viens, prends-moi dans tes bras, c'était donc là le secret de l'amour : ce corps où poser la joue, ce corps où bat un cœur ?

André est revêtu d'un très beau costume bleu à chevrons, on n'a eu que l'embarras du choix dans sa garde-robe impeccable. Elle est sensible à l'élégance des hommes, elle trouve que, loin d'indiquer une quelconque vanité, c'est, envers les femmes, le signe d'une courtoise modestie, d'un émouvant désir de leur plaire ainsi qu'elles le font pour eux. Elle reste assise à côté de lui, elle s'assied sur le bord du lit, familièrement, et lui tient longuement la main comme à un amant malade, elle ne le quitte pas des yeux – c'est lui, André, c'est donc lui – de sa vie elle n'a regardé si longtemps un homme.

Plus tard, le lendemain, elle fouille dans une grande boîte pleine de photographies. Elle revoit André tel qu'elle le contemplait, enfant : le cheveu noir, l'œil bleu, le fume-cigarette en ivoire. Au recto d'une pochette d'allumettes, ils sont là tous deux, sa mère et lui, en noir et blanc, tempe contre tempe, souriant à l'objectif comme des idoles du Festival de Cannes, le verso porte le nom d'un night-club à Juan-les-Pins – ce n'est plus « Au théâtre ce soir », mais *La Dolce Vita*. Quant à la petite fille mutine qui vit sa vie parallèle sur d'autres clichés, parmi d'autres décors, c'est elle, bien sûr, cherchant déjà à éprouver, dans l'œil du photographe, sa capacité à être aimée, à se faire aimer, comme s'il y avait quelque chose à faire pour être aimée. Elle voudrait s'emparer de la pochette d'allumettes, mais elle n'ose pas. Elle retourne près d'André, se rassied, reprend sa contemplation, elle pleure leur commune jeunesse tandis que sa mère se débat au téléphone – est-ce qu'elle va toucher sa retraite, et quel dossier doit-elle remplir, et l'embaumeur a-t-il préparé sa facture, elle ne pourra pas forcément le régler tout de suite, il sera bien gentil de patienter jusqu'à ce que le compte courant… ; et oui, bien sûr, s'il n'y a pas moyen de faire autrement on peut le passer par la fenêtre – si vraiment le corps ne prend pas le tournant de l'escalier, la fenêtre, bien sûr, à condition de ne pas piétiner les rosiers. Elle serre sa main roide et tavelée, « tu vois, André, Roméo jusque dans la mort, amant jusque dans le mariage, c'est par la fenêtre que tu t'enfuiras ».

Ils restent là trois jours. Elle est en dehors du temps, n'a plus ni mari, ni enfants, ni travail, ni avenir. Elle regarde André mort.

Silencieux tête-à-tête. La mort n'a pas de prise sur elle. Non, ce qui l'effraie dans cet instant suspendu où le passé se meut comme une valse lente (roses, baisers, champagne, attente au bord d'un rideau), c'est que l'amour finit – l'amour des hommes.

Seule avec lui

La fin, quand c'est fini, comment le sait-on, comment fait-on, comment ça finit – le livre, l'analyse, l'amour ?

Je ne reviendrai pas, dernier rendez-vous. Voilà, je m'assieds, je vous regarde, je romps le pacte, c'est fini.

Il y a un homme dans mes yeux – est-ce que vous le voyez, d'où vous êtes, est-ce que vous pouvez le voir ?

Approchez-vous, venez, de votre place vous ne voyez rien, vous êtes trop loin.

Est-ce que c'est fini avec vous, est-ce que ça commence ? C'est à vous de le dire – je ne reviendrai pas, j'ai fini mon livre, presque fini, et avec vous j'aimerais commencer, un début dans la vie, une histoire d'amour. Est-ce que c'est fini, pour vous ?

Vous êtes trop loin.

Comment sait-on quand c'est fini – est-ce que j'aime mon mari, est-ce que je vous aime – est-ce que je sais ?

Si je suis folle, qu'est-ce que vous en savez ?

Venez, allez, venez, rejoignez-moi, je vous en prie, ne restez pas là, n'en restons pas là, faites un pas, ne me laissez pas tout faire, faites-le, faites quelque chose, faites un signe, faites-le pour moi.

Je suis là. Regardez-moi.

Vous voulez que je me mette à genoux, que je vous supplie ?

Prenez-moi dans vos bras.

Vous restez loin, vous restez où vous êtes. Mais qu'êtes-vous sans moi ? La femme est le corps de l'homme, l'homme est le corps de la femme. Nous sommes l'un à l'autre ce qui nous tient en vie.

Venez, vous me manquez, je manque de vous, je manque de tout sans vous, vous êtes l'unique objet qui me défend des morts.

Approchez-vous, je vous le demande : votre corps. Qu'est-ce que je demande : un simple corps, un corps sans mots – un corps simple.

Venez, nous sommes si proches. Il ne tient qu'à vous d'être moi, il ne tient qu'à moi d'être vous – un seul corps de nos deux corps seuls. Vous êtes seul. Est-ce que vous le savez ?

Je ne sais plus. Êtes-vous le même ? Êtes-vous différent ? M'aimez-vous ? Êtes-vous indifférent ?

Je vous aime. Est-ce que ça vous regarde ?

L'éditeur

L'éditeur l'appelle un dimanche. Il veut savoir s'il lira bientôt les derniers chapitres du roman interrompu quelque temps pour des raisons inconnues, dont elle s'imagine, à sa voix, qu'il les devine. Il ne lui met pas le couteau sous la gorge pour obtenir une date ou fixer des délais, non : simplement, ces pages dès longtemps promises, il a envie de les lire.

Elle est émue qu'il l'appelle un dimanche, comme la première fois – c'est peut-être un hasard, mais peut-être pas. Elle lui dit que c'est fini, qu'elle a fini, qu'il n'y a plus qu'à lui donner un nom, à réfléchir au titre définitif. Elle aimerait aussi, à un moment donné, peu importe où, inclure cet avertissement : « Ce livre est un roman. Tous les hommes sont imaginaires. » Elle le laisse juge, mais elle y tient.

Elle aime sa voix qui s'informe, qui demande, qui s'impatiente – sa voix qui veut savoir. Elle aime l'enthousiasme qui s'y montre sans voile, cette sorte de *joie par avance* qui lui semble soudain une grande marque d'amour.

Et l'image survient, s'impose à elle dans son effrayante banalité et sa puissante vérité, l'image de ce qu'elle n'a pu voir et que pourtant elle voit : le père arpentant le couloir, cigarette aux lèvres, anxieux, heureux sans savoir encore de quoi, de qui, heureux de ce qu'il attend, de ce qui advient, heureux de ce qui arrive ; le père inquiet, fiévreux, dont elle serait à la fois la fille et l'épouse, l'enfant nouvellement née et la femme aimée, celle qu'on attend et celle dont on jouit, celle qu'on espère et celle qu'on chérit – la voix, le corps désirés : l'événement, l'heureux événement, l'avènement ; le père dont brille l'espérance et dont menace aussi, mesurée à l'aune de l'attente, la déception ; le père qui n'attend plus, le père qui sait, qui sait ce que c'est : c'est elle.

Répondre au désir, combler l'attente, être l'objet de tous les vœux : une enfant, une femme, un livre – être un objet d'amour.

Abel Weil

Elle ne reviendra pas. Elle le lui dit : quoi qu'il arrive, c'est la dernière fois. Elle paie la séance, elle pose deux billets sur le bureau et, par-dessus, bien en évidence, une invitation pour *La Traviata*, le lendemain soir.

Elle est assise, le programme sur les genoux, et regarde le lourd rideau de velours bleu sans en détacher les yeux, fixement, rêveusement, comme si c'était la mer. La salle bruit de mille conversations confuses, les gens se racontent leur vie, pense-t-elle, on passe son temps à raconter sa vie.

Il arrive à l'instant même où les lumières s'éteignent, où le silence se fait – a-t-il hésité à venir, a-t-il seulement préféré ne pas croiser ses yeux, ne rien dire ? Elle ne tourne pas la tête, elle sait que c'est lui – *fors'è lui.*

Elle est allongée chez lui, sur le canapé, elle lit un article qu'il vient d'écrire pour une revue spécialisée

– l'aurait-elle inspiré ? « L'amour est impuissant, quoiqu'il soit réciproque, parce qu'il ignore qu'il n'est que le désir d'être Un, ce qui nous conduit à l'impossible d'établir la relation d'eux. La relation *d'eux* qui ? – *deux* sexes. » Ça se termine par cette citation de Lacan : « Il n'y a pas d'amour, il n'y a que des preuves d'amour. » Elle se demande si elle comprend ce qu'il faut comprendre, si le sens est le même que dans les mauvais dialogues de certains mauvais romans qu'elle dévorait autrefois :

– Tu m'aimes ?

– Oui.

– Alors prouve-le.

Il est assis à son bureau, elle le voit de dos qui pianote sur le clavier de son ordinateur – il s'intéresse depuis peu à la nouvelle économie.

– Il y a un récital de James Bowman, le mois prochain, dit-elle. On pourrait y aller, c'est un samedi où je n'aurai pas les filles, ni toi les garçons (elle aime les contre-ténors – cette voix d'homme issue d'homme où chante une femme).

– Le mois prochain ? Oui, si tu y tiens...

Il prononce le début de sa phrase tout en fixant l'écran où défilent des colonnes de chiffres, puis il se retourne pour la regarder – et comme chaque fois elle est saisie devant son visage du même sentiment pénétrant : qu'il lui rappelle quelqu'un, qu'il lui dit quelque chose ; elle a, face à lui, la nostalgie de lui – il se retourne et dit, le bras posé sur le dossier de la chaise :

Le destinataire

Le destinataire reçoit ce qu'on lui donne. Il se tait, il ne répond pas. Le destinataire n'est pas un correspondant, il est destiné à se taire, à rester dans l'ombre de ce silence où pourtant l'on sait qu'il entend. L'accord du destinataire à son destin discret est une chose essentielle, il est important de ne pas en douter, jamais, d'en être sûre.

J'écris pour vous, je vous écris. Je sais que ce sont les femmes qui lisent, mais je ne pourrais pas écrire si je ne pensais pas, fût-ce de façon confuse, silhouette à contre-jour, que vous êtes un homme. C'est à vous que je parle, je vous parle de vous, de vous et moi. Je ne sais pas qui vous êtes, mais je vous vois, je vous devine, je vous peins, je vous parle, je vous invente : je vous écris.

Qui êtes-vous ? Je l'ignore. Je ne vous connais pas.

Surtout ne répondez pas. C'est inutile. Nous ne pouvons pas correspondre, il n'y a pas de correspondance possible entre nous. Vous êtes loin, vous êtes l'autre, vous êtes l'homme. J'ai accepté cette distance qui flotte entre nous comme le trajet d'une lettre qui voyage. Je n'écris pas pour que vous répondiez, et cependant je vous écris. N'en soyez pas étonné : j'ai renoncé à vous saisir, mais pas au geste de vous saisir. L'écriture est ce geste ; j'écris vers vous. C'est comme la main qu'on agite quand le train est parti : inutile, sans être vain.

Autrefois, sans doute, j'attendais une réponse. Que vous m'expliquiez, que vous me disiez. J'interrogeais les hommes des livres, poètes, personnages, j'imaginais qu'un jour la vie coulerait sous le pont de nos bras. Et puis j'ai lu cette histoire qui voue le monde à l'écriture : celle d'un petit enfant qui veut que sa mère l'embrasse avant le coucher et qui ne reçoit en retour de son billet d'amour que ces seuls mots de solitude : « Il n'y a pas de réponse. »

Le sens me fut ainsi livré, me délivrant aussi de tant d'absence, de tant d'attente. Je n'écris pas pour que vous répondiez, non : j'écris parce qu'il n'y a pas de réponse. Jamais je ne serai dans vos bras – ni vous dans les miens – jamais embrassés.

Quelquefois, pourtant, je rêve au moyen de nous rejoindre. C'est en dormant, souvent – Morphée me berce et j'entrevois comment prolonger cet amoureux sommeil dont le dieu est un homme. Alors je vous vois – vous êtes au bord de l'oubli, mais je vous vois, vous tendez les bras vers moi, et moi je viens, j'avance vers vous qui m'êtes destiné – mon destinataire. Qui a dit que vous étiez femme ? Quelle folie ! La mort aura vos yeux, et c'est sur votre torse que je pencherai ma tête, j'en suis sûre, à vos épaules que je mettrai mes mains. C'est vous, c'est bien vous sur la rive opposée, la distance entre nous se réduit, bientôt s'annule, dansons, veux-tu, je te rejoins et tu m'étreins – ah serrez-moi, emportez-moi – qu'on est bien, oui, qu'on est bien, dans ces bras-là !

Table

Achevé d'imprimer en novembre 2000
dans les ateliers de Normandie Roto Impression s.a.
à Lonrai (Orne)
N° d'éditeur : 1697
N° d'imprimeur : 002816
Dépôt légal : août 2000

Imprimé en France